SHANGHAI METR

上海诗人

主 编 赵丽宏 执行主编 季振邦

在思想深处种五谷

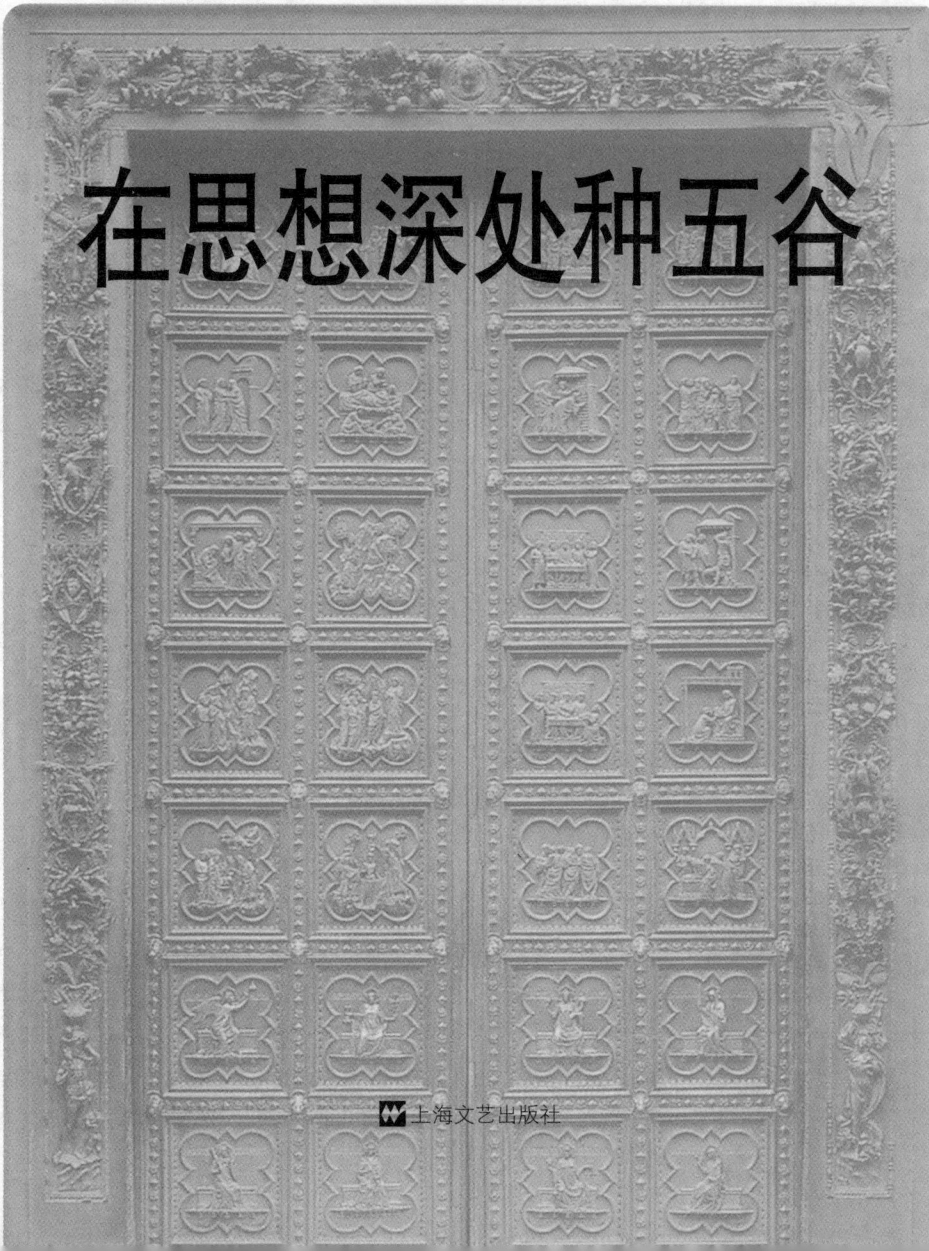

上海文艺出版社

上海诗人

2024年 2月 壹

主办单位　上海市作家协会
上海文艺出版社

编　辑　《上海诗人》编辑部
地　址　上海巨鹿路 675 号
邮政编码　200040
电　话　021—54562509
021-62477175 转
电子信箱　shsrb@hotmail.com
shsrbjb@163.com

头条诗人

004 稻花香中，原谅所有伤口与刀光（组诗）　田间布衣

名家专稿

009 诗人的语言（外六首）　刘　川
012 小沧桑（组诗）　李　樯

散文诗档案

015 关于词（组章）　郝随穗
019 中年时光（组章）　王佐红
022 在九岭山里（组章）　川　梅
025 回翻日历（组章）　游　金

特别推荐

029 在思想深处种上五谷（组诗）　闫太安
032 你的选择里有三月的雪（组诗）　谢钦巨

华夏诗会

035 恰好的慈悲（组诗）　（江苏）白小云
037 雨夜抵德令哈（组诗）　（湖南）甘建华
040 又见端午（外四首）　（河南）九　月
042 生命深处（组诗）　（江西）王小林
044 野　草（外五首）　（山东）巩本勇
046 艺术札记（组诗）　（浙江）苏建平
048 微　疼（组诗）　（安徽）李庭武
050 穿越时间（组诗）　（甘肃）西　可

051 西　行（组诗）　（陕西）陈　敏
053 北方的沉默（外三首）　（北京）王长征

上海诗人自选诗

055 深山樱桃（组诗）　漫　尘
059 大地欢喜之心（组诗）　崖丽娟
062 中国古巷（外四首）　曹小航
064 想起了你叶赛宁（外一首）　褚建君
066 岁暮有感（组诗）　成雅明
069 时间给出的破碎（组诗）　雨　亭
072 路灯低头思考一个问题（组诗）　陈　虞
074 像是昨夜的皮影戏（组诗）　铁　舞

谈艺录

076 绝句艺寻　吴欢章

诗坛过眼

079 于多样性中求道合　王　云
——谈《华亭诗选（2015-2023）》的诗性建构

读诗小记

084 与外滩不外，和故乡如故　王　垄
——语伞散文诗集《外滩手记》读札

浦江诗风

088 静坐长廊（外二首）　缪锦春
089 春　山（外三首）　林新荣
090 坐在时间的树下（组诗）　储亚强
092 陪　伴（外二首）　周黎明
093 汝　瓷（外一首）　百　川
094 打捞天空的繁星（组诗）　曹剑龙
095 钓鱼的人（外一首）　黄建华
096 秋风吹走了我母亲　汪益民
097 歌词一束　蒋　帅
099 2024 年的第一首诗（外二首）　劳士诚
100 秋　月（外一首）　沈仙万

序与跋

101 《吃时间大虫》自序　陆　萍

诗海钩沉

105 诗意的外滩　韦　泱

诗香一瓣

110 那些年，在一起　余志成

诗人手迹

封二　周占林 诗

读图时代

封三　陈曼英 摄影 / 配诗

推荐语

当一首首大同小异，相同又似乎不尽相同的诗，给我们带来阅读上的疲倦时，农民诗人田间布衣，带着土地的纹理、肌肉和筋骨的诗，来到我们的视线里。他在生活原本犬牙交错的锯齿上起舞，把生活的艰辛结成茧、抽成丝，再将耕种土地的体验和体悟，变成声像和触觉在他的诗里流动、暗涌、碰撞、浸润，使他的诗与那些装腔作势，无关痛痒，轻飘无重量的诗有了分界点和辨识度。

他的《稻花香中，原谅所有伤口与刀光》这组诗，第一首《问道》的开头，就仿佛有一根线系紧了我们的心，让我们心无旁贷，且心甘情愿地跟着他的文字往下走："锄头问泥土：/被反复耕耘的忧愁上 / 何时才能开出莲花？ / 泥土说：出卖苦力者的脊背上 / 岁月的鞭痕就是莲花……"拟人化手法的一问一答里，尽管生活的艰辛扑面而来，诗人却能破茧成蝶，用最简朴的风格取代着稠密。并通过对底层生活的提升和跃迁，显示出一位农民内在的富足。第二首《锁》开头："还在门楣上挂着 / 锁孔里滴漏的虫声 / 叫得满院荒草六神无主"，诗人以浓缩的情绪，通过"锁"的描绘，在我们眼前出现了一个农家小院，因为主人日日的田间耕种与停留，满院的荒草无人打理，空留一把锁挂在门上。体现出农耕生活的不易，突出了典型环境和典型生活的矛盾。第三首《雪飘过》："……每年腊月，都有梅或雪老在他乡 / 如果雪化之前，你还没有抵达我怀中 / 我不介意用袖口里的风，借那盏红灯笼 / 向你慢慢描述"，诗从开头梦境的选择，到登场人物的遭遇，反映了一位不善于表达的憨厚农民，对爱情的执著与渴望。

自古以来，一切贤哲都主张过一种简朴的生活，以便不为物役，保持精神的自由。在这一点上，田间布衣做到了。譬如他的超越了实用性和定义的概念界限的《紫砂壶》；借助想象思维，从寒露找到可以下脚的路口，走回父辈开垦的一亩良田上的《寒露以后》；像爬上栅栏的那朵蓝色牵牛花，对月光喂养过的良宵，闭口不提的《心上秋》；与风雨纠缠了一辈子，也没能把柴米中散发的滋味说清的《晚年》；风把它放大，雨又把它缩小，最终被一场白霜，扶进背风犄角的《秋已老》；像青睐的雪人，把一片失语的雪花含在喉头的《雪藏》；不再怀疑燃烧之后的生命，像一群埋头赶路的人，不擅嗔怨的《落叶》。

挑松、理顺、抚平，诗人写这组诗，就像把他的日子重新过了一回，走了一遍。从苦中作乐的少年，到坚韧不拔的中年，最后抵达平和与慈祥。

没有人可以对抗现实活在现实之外，也没有人能把生活的苦始终当成甜，唯独诗人可以。因为诗人活在想象里，用想象对抗现实。譬如田间布衣。

——孙　思

田间布衣简介

本名石俊阳，河南长葛人，七零后农民，偶写诗，偶有发表，作品散见《诗刊》《中华文学》《大渡河》《中州诗词》《满洲里日报》等，出版诗集《风落人间》。

稻花香中，原谅所有伤口与刀光（组诗）

田间布衣

问　道

锄头问泥土：
被反复耕耘的忧愁上
何时才能开出莲花？
泥土说：出卖苦力者的脊背上
岁月的鞭痕就是莲花

镰刀问稼穑：散落秕谷
何时才能不再是鸟雀的道场？
稼穑说：等苍凉落日
不再压上它们的肩

暮色如潮。村庄就要被掩盖
想起手中农具，守不住夜晚恬静
也守不住灯火阑珊，我把老屋遗留的
　残缺诗句
默默塞进了行囊

锁

还在门楣上挂着
锁孔里滴漏的虫声
叫得满院荒草六神无主

晚风吹得飒飒作响的门
没留住怀揣钥匙的人，爬出矮墙的藤蔓上
半青半黄的果子，被鸟雀认领

我手中的钥匙，打不开别人的门

只好捡拾一些地上落果，在无人处
咀嚼这些青涩的姓氏

雪飘过

乘坐梦的马车，手持一朵梅花
妮妮，你正朝我缓缓而来
恍惚身影，有着玲珑的忧伤

车辙里延伸的凄美与哀婉
让我空荡荡的胸膛，刹那被风雪塞满
此时想借风雪之喉，为草木大放悲声

看着你左手抱紧风雪，右手抱紧自己的样子
我真怕眼泪，会落入你手中梅花
打湿那首相思的词

每年腊月，都有梅或雪老在他乡
如果雪化之前，你还没有抵达我怀中
我不介意用袖口里的风，借那盏红灯笼
向你慢慢描述

紫砂壶

腊肉不让熏了，那就煮茶
借故乡三五把柴草，弄一点烟火气
让骨子里寒凉泥土，慢慢温热

你若来，别带一身酒气
也别带空空如也的问候
要带，就带上屋檐下被岁月风干的记忆

我的月光里，已倒不出虫鸣
鸡啼和犬吠
这清冷，比烟火虚，比灯光弱
比卡在喉头的话语，更容易走上岔路

掌心里的汗，我们用青筋拧干
只要眼神，还没被世俗动过手脚
壶嘴里饱满的故乡，就是我们的

寒露以后

北风裹紧的几粒雀声
再也扶不起倒地的绿茵

午后如此短暂。一个哈欠的尾音
还没把阳光下，那只慵懒的蝴蝶惊醒
黄昏便哆嗦着，在萧瑟的影子里坐下

脊瓦上一缕青烟，牵着几颗星子
将手持落叶的人，搀进皱巴巴的村落
在皱巴巴的暮色里，打开皱巴巴的叙述

皱巴巴的叙述里，父辈开垦的一亩良田上
三寸高的麦苗，正领着三寸高的风霜
跋涉在苦熬慢等中

心上秋

说与不说，不妨碍今夜的明月
在路遥马急的人间，用皎洁为你把来路照亮
不妨碍带甲百万的金菊在窗前
用芬芳为我，把时间的缝隙填补

别诧异。我寒意渐生的庭院
在夜露悬而未落的洁净里，仍笃行如初
就像爬上栅栏的那朵蓝色牵牛花
对月光喂养过的良宵，闭口不提

出于记忆和怀念，我的心今夜顺从了风的轻
让灯盏亮着，轩窗开着
等你一句“蒹葭苍苍，白露为霜。”
打破岁月的慌乱？

这样你是否就能省去鬓角的留白
从西风更换的简约版本里，取一阕小令
让疲倦目光，在我捧出的稻花香中
原谅所有伤口与刀光

晚　年

如被遗忘在犄角里无法确认的草木
站着生，站着死
与风雨对峙的样子，让人无奈又心疼

当老得再也生不出新芽
开始对岁月低眉顺目，对风雨逆来顺受
心思，独自反复临摹

当日子一天天落在满是伤疤的肩上
长满老茧的手，颤巍巍提着晨昏在
　院子里行走
提不动了，就让半部残躯倚着树或门

今夜会不会起风？明天会不会落雨
不再过问。与风雨纠缠了一辈子
也没能把柴米中散发的滋味说清

一根烟不能把黑夜抽短
一串咳嗽也不能将白天拉长
能忍就忍吧！忍就是命的补丁

秋已老

虫子遁入泥土，落叶回到地面
寻食不得的麻雀，在阴雨叠加的寒凉中
抬起湿漉漉翅膀，滑过犁铧泅渡的田野

寒露已过。枯黄四下弥漫
风把它放大，雨又把它缩小
最终被一场白霜，扶进背风犄角

此时你若手持芦苇，正在驱赶南归雁
请别打响指，也别吹口哨
即将睡去或醒来的事物，不宜惊扰

雪藏

你来访时，梅香刚好推开岁月的门闩
而我，就像你青睐的雪人
把一片失语的雪花含在喉头

当你的红围巾高于风
我便省略了姓氏和方言
甚至省略了瓷一样的心思

你用一双红酥手把我的眉目临摹清晰时
我毛茸茸的头顶，便有了毛茸茸的梦
你小小的心底，是否也有花瓣上
风过后小小的波澜

落叶

季节与季节之间的差距
足以致命
不再怀疑燃烧之后的生命
像一群埋头赶路的人，不擅嗔怨

请别打听它们的名姓
他们不需要世俗的纪念
像翻飞的蝴蝶，在弹指一挥间
让战栗之音与岁月押韵

不适合居高临下，也不可趾高气扬
只有大地广阔的胸怀，才是它们的归宿
任风去晨吟，去暮读

诗人的语言（外六首）

刘 川

……洪水将至
他试图用诗发出危急警告，
再不撤离，必遭灭顶！

但人们竟然听不懂。

因为他讲的
是另一种语言
是用人们能听懂的字词
组成的另一种语言

洪水过后
幸存者们
推崇这种语言
以人人会说几句为荣

但他们不知道
那是用来预告洪水的警报

警惕自己的人设

据说，某部落
老巫师喜欢扮演虎

他说自己
是一头吃人的老虎

他扮演的次数多了
说的时间久了以后
在人们眼中
那只虎的形象
就替代他
看不见他本人了

后来，有人
真的被虎所伤
人们自然归咎于他
解释也没用

即使非他所为
人们还是用猎杀虎的武器
处决了人形的他

侧面的朋友

一个朋友说
若我的朋友
是独眼龙
我就从侧面去看他

但是，我的经验是
当我的朋友是独眼龙
我的
第二只眼睛
可能
也会伤害到他

所以
我也让他
看到我的侧面。

雾中的老虎

山顶
有雾
他常上到山顶
学一声虎叫
山下人皆传说山上有虎
便不敢上山了

某日，他才
行至山腰
便听到山顶有虎叫
他吓了一跳：
真有虎？
或另一人偷学了他的把戏？

总之，利用这团雾
他欺骗别人
别人也能欺骗他
但他也再没敢
上山

笛子对锯子的干预

他得到锯子和笛子

他锯木累了
便吹吹笛子

就这样，树林里
时不时响起悠扬的笛声

其他锯木人也停下锯子
坐下来听

他不知道，他的笛子
统一了所有伐木人的节奏：

大家一起锯木
又一起休息
在小小的笛孔吐出的音符中

第二次的毛衫

她拆了前夫的毛衫
用这些毛线
为现任丈夫
又织了一件毛衫
——她太珍惜这些上等织物了

而这个新的男人
并不知晓：
婚姻洗牌之后，
一件毛衫也洗牌了，
那些过去的线头的
纠缠、死结、暗扣与矛盾
都成了新的

没读完的半本书

某年
入四祖寺
一僧送我
一本书

我在回程车上
读了一半
放入背包，睡觉
醒来，背包被人偷了
包括这本书
下半本，我希望他读完

那当然是一本
佛法之书
但它讲的是缘分

甚至此后
但凡遇到一个有缘之人
我便感觉
他肯定接着我读了僧人送我
那后半本书

小沧桑（组诗）

李 樯

海边小镇

果然见到了蓝房子，帆桅船
在连接大海的宽敞河道里
因为波光
岸上的房子，河里的船只
轻轻摇晃着

街道整洁，没几个行人
行道树是一种我不认识的植物
野花在墙角悄悄开着
不用多想，不用是即兴式的
或者深思熟虑地表演
每天就着对岸的蓝房子发呆
或者坐到
海边的礁石上
不必向大海求证什么

我已经把自己
投喂给鸥群，然后无声地等着
等一片积雨云掠过头顶时
我就回到自己的房子

煮杯咖啡，我的热爱
与积雨云相撞
已经落在了海面上

芝麻叶面

掐叶，蒸煮，揉搓，晾制
直到为客人端上一碗喷香的芝麻叶面
——这里的人们热爱生活
并保留着热情好客的
传统和细节，而在田野深处
芝麻的生长已历千年
这一点都不重要，重要的是
它们来得如此缓慢，慢到季风
已从指间溜走
慢到除草的铁铲
已经生锈
在一个雨夜，它又长高一截

认真对待一碗面的人，他会承认
生活需要沸腾，承认里里外外的劳作
都是一种值得。收拾停当
他又要扛起锄头了
还有一些无关紧要的杂草
在忽然来临的秋凉和寂寥中
等待拾掇

每一天

在小区门口，每一天清晨
都能碰到垃圾清运车正要离开
“大哥，开下门唻！”
清洁工的喊话声
在每一天的这个时候循环
河边的路亚钓者
每一天都是在闸口那个位置
直抛，侧回竿，收线……
清淤船停在那里好多天了
对岸的树林里
传来练嗓人的歌声
就是这样，每一天
我们像活在一个封闭的
循环世界

堤岸正对着静止的河面低吟……
我相信命运低垂而流水婉转

松花江

我倚着栏杆，看向对岸
那篇意外的荒凉
阳光被森林吸收
世界被扩散到无形的光线里
以此填补无形的意识

森林里，一只麋鹿警觉地巡视周围
我的老虎正在岩石上打盹
流水响处，大群水鸟冲向水面
三只灰熊正巡护着它们的领地
猎杀者制造了危险的幻觉
却难逃死亡的一击

我喜欢这样，把自己
投喂给一次没有目的的远游
一上飞机，就拉下舷窗遮光板
戴上眼罩，在睡梦中
云上的光线渗透进机舱

暑行记

为了尽可能多地遮挡光线
我的额头和眉骨
自觉地收紧，凸起
像远古的祖先
阳光之下
万物赤裸
鲸鱼在海面嬉戏
太平洋的信风
裹起一阵咸腥上岸
内陆正在退水，一夜间
坦露的河床上
潮水已在张开双翼的河蚌那里
悄悄植入时间的珍珠

一双鞋子

有时候
我们需要将注意力集中在
普通事物上
比如一双鞋子
后跟两侧已磨出一个斜角
说明它主人的双腿有些内圈
鞋头已经掉漆
我们需要
一种迟缓乃至笨拙的
注意力
作为意识的支架

鞋子仍然会穿到一双脚上
行走于树下、柏油路或者
烈日炙烤的水泥广场
这双脚曾在原始社会奔跑
狩猎，逃亡，收集果实
后来它们穿上草鞋、木屐或布履
直到皮革
它一路跑来
造反，问路，追寻真理
但有一点不会改变
它后跟两侧会磨出一个斜角
它主人的双腿有些内圈

郝随穗，中国作家协会会员，鲁迅文学院第 29 届中青年作家高研班学员，入选中国作协作家定点深入生活项目。作品获《人民文学》《诗刊》大赛奖、冰心散文奖、孙犁散文奖、鲁藜诗歌奖、中国工业文学奖、国际生态文学奖、劳动者文学奖、新诗百年最具活力诗人奖等，并多次入选各种年选和中小学语文试卷。出版《费尽荒凉》《硬时光》《庄里》等 15 部作品集。

关于词（组章）

郝随穗

词在此

人也是一个词语，人吃的粮食住的房子都是词语；人的生活是一系列词组组成的日常。那么，留存在这个世界的一切，或者已经消失的那些事物，也是词语的去与留。留存之间，所有的词语都在自己的位置守着自己的意愿，为这个世界注脚。词语是无所不在的一种存在，不管是在时光的正面，还是时光的背面，只要有黑暗和光明，就会有词语出现。

词的拆解

世上的每一个事物的诞生，词语就紧随其后为其命名。被一一命名后的词语是独立而具有属性的，它们在个性化表达中有一种表达是悲剧式的，那就是拆解。《红楼梦》结局“白茫茫大地真干净”中获取分崩离析的意义，从《一个厌倦的人的乌托邦》“每个人都必须成为他自己的萧伯纳、耶稣基督和阿基米德”中的死亡美学中读懂超然的生死观。词语，不是一个仅具有平面的表述功能，它更是一个立体的、具有非凡动态的词语，在不朽的文学经典中起到了对生命的拆解的作用。人在其中，何尝不是被拆解的对象呢？

生活是被词语不断拆解的一个过程。过去一天，就是拆解一天，而这种具有毁灭性的拆解，其实是销毁。日子不断地被送来，不断地被拆解，人在其中，在新旧日子的交替中，也被拆解着。

时间是一个渡口，它恰恰是拆解的主要能量，人与事都要在时间的渡口遭遇被拆解的必然。被拆解的是生活中不可避免的那些不如意，是行程中不可避免的那些路障和路口。人生不易，拆解是一个中性词，苦乐对半，一半是拆解的正极，另一半是拆解的负极。拆解是一个交织于冷热之中的复杂词汇，它有目的，有责任，甚至有担当。

时间这个渡口，拆解同时选择了悲剧之外的意义，比如在消解时间的同时，也拆解了时间留不住的悲伤；比如寡淡欢乐被越拆解掉多余的水分，欢乐的纯度就会丰腴。

人间无须过多悲观，有了拆解的介入，所有的矛盾的内部结构会被一一瓦解。

词的弥合

对于裂痕而言，是需要弥合来重新得以完整。完整是所有词语自愿奔赴的一条正路。在这条路上，有的词语成人之美，得以圆满。

女娲从东南西北中的五座山上采来各种石，熔炼成与天空的颜色，补住了天空的裂缝。在这个故事中，石头与天达到了最高级别的弥合，高悬在众生头顶的这块石头，像神一样成全了人间之美。

而在平平常常的凡尘之中，石头与弥合的关系构建充满了宗教的意味。一块石头的沸腾来自它内心的裂变，这种裂变抑或有矛盾交杂的背离和对峙，抑或有情绪炎凉的消散与重构。人，何尝不是一块石头内部经脉交错下的百态？能够弥合的词，它一定自带光芒，一定会在时光中散发出一个信仰的温纯之光，这个光是有关宗教的，也是有关石头被时光弥合它创伤后的安详。

有人听说有一种温热的石头能带给人幸福，他就倾其所有去找那石头。多年后他找了无数块石头，没有一块温热的石头，于是他一边找一边扔，当有一次他又将一块石头顺手扔进海中，抛出去后感觉那块石头留在手里的余温，后悔莫及的他才知道自己辛辛苦苦要找的幸福之石却被扔到了大海里。

这是瞬间弥合之后又被解除的一个词语。幸福的把控往往就是在弥合之后的无知中被自己亲手毁掉。

在石头以外，人间山水中的生息悲苦，在弥合这个词语中得到了巨大的宽慰和关照。每个人都需要弥合来完成自己的意愿，世上那么多的苦与悲在人的肉体和精神中来回流经，没有谁能够在缺失中抵达意愿的期许。

弥合一直在场，它是一个为裂痕和缺失而生的词语。

词的高处

当仰望的眼神接住天空的盛情，所有的美好一一而来。那些草叶上一定落满了年轻的鸟鸣，苍老的时光并没有步履蹒跚，这一切新鲜而生动的美好来自词语的高处。高处是天空，天空里永远盘踞着图腾的词语。

俯首而作，在负重中把仰望的头颅沉沉地垂下，面对黄土，人是悲苦的思考者。当背部迎着高处的雷电和风雨，日月星辰的光芒早早就从高处投身于身体内部，躬身抗拒外来力量的人，不仅仅是悲苦的思考者，也是一道自己内心的屏障。

高处的词语在黑暗中沐浴着光芒，在雷电风雨中历经洗礼。

这一切从高而降的事物都是人间仰望与背负的欢乐和忧愁。不是所有的高处都是赞歌中密集的词语连接，也不是所有的高处都充满信仰的张力，无限放大者虚拟的美好。人间刚好，需要山的巍峨也需要水的蜿蜒，需要内心的羸弱，也需要外表的刚烈。来自高处的投射，以一定的比例调控着日常的各种美好。美好是一个向往，向往的路上，请仰望高处，那些迫不及待的词语纷纷落下，落在前面的是光明，落在身后的是黑暗。

如同天下北方，喜欢隆冬的一场雪。高处的苍穹偏爱北方大地的辽阔与奔驰，在每一个三九寒天倾洒一夜“忽如一夜春风来，千树万树梨花开”的景象。北方的凌厉和壮观横亘在天地之间，统一了心情，统一了表情，正在接受来自高处更多的光芒披在身上。

高处不是天空的空荡荡，风与风之间是有缝隙的，缝隙里掩藏着许多不明真相的词语，星辰与星辰之间闪烁着一些词语，这些词语的动机如何解释，需要黑暗来作证。高处更多的是云集着对人间悲苦之上的莫大关照，包括那些鸟鸣和叶片的吉祥！

词的归来

有些被消散的词语，终究要归来。人之所以拥有很多，那是因为词语的相拥。词语不是孤独的，它能驱赶人的寂寥。在司马迁腐刑代替死罪的那些年，他的房子里坐满了陪他的词语，比如风雪、炉火、墙壁、纸笔等等，所及之处都是相知相伴的词语。在这些词语中他完成了《史记》。词语在这里赋予了他活下去的另一种意义，不是生命的延续，而是词语的延续。

一块石头的命名只是为了为坚固这个词语铺垫更扎实的坚固。石头并未离去，但是要回来的是内心的雕刻，石匠一直在表面把自己的想象力雕刻上去，甚至把自己的贪欲和黑暗的部分也雕刻。这铁凿子的余音是一把刀子的锋利，把表面的意愿刻在石头的内部。石头是无辜的，它被人的想法改变了模样，但是属性未变，坚固依旧是它的本质。

人想把自己的可能依赖于石头的长久，而石头也会腐朽，如同一些词语的背离。那些走远的词语试图远离人的奢求，试图以背弃而纠正贪婪，可是紧跟而来的另一些词语的靠近，让贪婪成为无所不在的大面积坍塌。

这是有关石头滋生的词语状态。那么，相关于日常之中的公交车站牌上贴着的小广告，失效的药片服用后的无效治疗，通往乡村柏油路上的洼坑等，都在期待词语在身后喊出自己的名字，期待那些本属于美好的事物获得词语的再一次命名。

那么让青铜与黄金也归来吧，让那些需要准确解读往事和未来的词语都归来。青铜是口语中最久远的善意，它能说出人间撕裂的疼。而黄金一定是人间品质，有多少人来来往往，就会有多少需要度化的品质留在黄金之中。丢失了的词语重新回到自己的体内，它们可以冷热，可以消瘦饱满，可以再躺在虚中，也可以唤醒所有的消失。

王佐红，1981 年 11 月生于宁夏固原，中国文艺评论家协会会员，中国编辑学会会员，副编审，在《作品与争鸣》《文艺评论》《时代文学》《长江丛刊》《宁夏社会科学》《星星诗刊》《特区文学》《文艺报》《中华读书报》等报刊杂志发表作品百余万字。出版文学评论集《精神诗意的唯美表达》、诗集《背负闲云》、长篇小说《上口外》（合著）等。曾获宁夏哲学社会科学奖、宁夏文学艺术奖、中国新闻出版集团优秀书评奖等。

中年时光（组章）

王佐红

道　歉

这么多年，我受到的肯定包括：

超出一米二需要购买半价票，超过一米五需要购买成人票，再加我一个人数就够了。

我的欠费有人提醒，我的快递收到了……

我也受到过鼓励，比如话不多、实在人、君子风格、大哥的样子、能交等等，我永远不能忘记这些，这是我感激着的所有。

只是有一天晚上，我喝了点酒后，突然地发了一次疯，但最后，我不得不向电线杆，街边的树，擦肩而过的骑手，和我一样摇摇晃晃的醉酒的民工，以及我冲撞过的一切的事物，一一地做出了道歉。

漏　洞

正如白天一样，黑夜是如此的强大，我们不予怀疑。

抛弃了篝火，我们点起了电灯，一片，一片，连接成的叫做城市。

那是人类的倔强，也是光明的倔强吧。

我知道，黑夜还是会如约而来的，不过，它空出了那些城市，需要作为黑夜的漏洞。

老房子

我的老房子在风雪雨中飘摇，给我托梦它需要重新收拾，可我离开家乡已然二十多年，回去的道路上布满时间的梗阻和绵延的荒芜。

如今我远居家乡几千公里，老乡们也都早已四散而去，兄弟姐妹们再难以归拢起来了，没有谁，能常挤出通到过往的缝隙。

今天醒来时我哀叹声声，这座城市正夏日滚滚，对着窗外的高楼大厦和阵阵热浪，我再次想起这个梦，和我离开老家后，一路的风雪雨雾。

它们像药一样，让我感到了陡然的清凉和湿润。

理 发

在北京，紫薇公园的西门口。

一个害羞状的老爷爷，一把电推子，一把小剪刀，一把刷床用的断了手柄的刷子，一面摩托车用过的破旧的反光镜，加上我，完成了一次理发。

整个过程，我一直试图与老爷爷交谈。你来自哪里？住在哪里？一天能挣多少钱？有没有人赶你？

他一言不发，羞怯的笑挂着，相对缓慢地有条不紊地给我理完发。

我扫码支付给他 6 元钱，给他展示手机屏幕，他倒是看了一眼，点了点头，我怀疑他不是聋着，就是哑巴。

他已经很老了，在夕阳下，像一种哲学。

我没有渴望他给我理得多好，我只想尝试理出少年时父亲用手摇推子给我理的，那种狗啃一般，无忧无虑的，曾经的意气风发。

黑白交杂的头发轻飘飘地落地时，好像一个不敢表达自己的倔强，和对大地的叩击的弱者。

那一次，我感到的沧桑是轻飘飘的，那些轻飘飘落下的，其实再也捡不起来了。

父 亲

你温暖地注视着世界，注视着他人，注视着我。

你的注视是一朵花，一汪泉水，甚至，是一片蓝天，一朵云，或者，也是一团雨雾。

今年的天气，又到了渐渐寒凉的季节，我希望你的注视，是一杯热水，一页火苗，一句又一句不说出的爱。

你看，对你我有这么多的希望，从没有觉得足够。

是啊，我爱你，父亲。还有，也成为了父亲的我。

中年时光

中年时光，日子一把推着一把，风一样来去。

就像一台老机器，落满了浮尘，掩饰不

住浑身的陈旧。

中年的人生，望物亲切，见人爱人。日子日渐繁复，日渐快进，日渐不经。内心荒芜的根须愈来愈深、愈来愈广。

今日，抬手抚耳，忽听到手表里的秒针那急促不息的运动声，我大吃了一惊，手表天天时时陪伴着我，我却对它的辛劳工作几乎一无所知，我只看到了时间，那个庞大的、总体的、无形的时间。是的，它是时间，由每分每秒组成，这是我的疏忽，它在我身边，我却没有感觉到并珍惜它。

今年天气预报里说好的雪，在小雪之日没来，在大雪之日也没有来，我与这座城市依然干渴，我们用加湿器与唾液安慰了自己与伴侣，用天气预报里的阴云安慰着人群。

昨天是周六，晚上又喝醉酒，一觉睡得相当深沉，天快亮时，梦境顺畅，所以迟迟醒来，慵懒地移步到窗前，看窗外世俗焦急，暗黄色的天气朦朦胧胧，我用周日的时光，记下这中年的庸常。它通常，但易逝；它味淡，但安然。

窗外有风景和无数别人的生活，也是我自己生活的倒影。

老家王塬

告别老家王塬，老庄子里那些树木寂寞地荣枯，和谁都不相关了。

但它们年复一年，认真地生死着。我偶尔会崇拜它们的恒长默运。这些年，我历经沧桑，未免有些庸俗。而旧庄子的树木，他们依然茁壮，争抢每一个来年的春秋。

冬天，通往故乡老庄子的道路会被深雪覆盖，故乡还是那个地理位置上的故乡，但无边无际的荒芜，让身在他乡干渴的我，会追着一场雪而来。曾经的光阴永别了，它们太过寒酸艰难。我归来，但无法抵达生活的过去。

而到了春夏，野花草会再一次开遍整个家园，鸟鸣清冽如露。归来的故人，很快又离开了故乡。风一年又一年吹过，雨下过一场又一场，雪来雪去，太阳照常升起。野花草还会再一次开遍整个村庄。同一片土地，一些人来了，又走了，变换着不同的人生，谁也不是它真正的主人。

一个秋日，我回到老家小院，恍惚间回到了从前：我看到连绵的山丘伸向那无尽的远方，在小山村里，雨寂寞地来，寂寞地淅沥，天寂寞地黑，炊烟寂寞地盘旋。我寂寞地等待，一个信息从远处捎来。牛羊寂寞，粮食寂寞地成熟，亲人们的光阴寂寞，风月寂寞，山河寂寞，我们的爱与相思也寂寞。

那一次，我抬头看见家乡的天空那么洁净，天空陪过我，天空依然在那里。但我的心早已无法堪比。也是在那一次，我突然发现，我要写下童话的天空变高了。

川梅，1962年出生于湖南湘西，1985年开始在《诗刊》《人民文学》《中国作家》《星星》《当代诗歌》《诗潮》《诗歌月刊》等发表作品，出版有诗集《远山那一片故地》《青鸟》等。曾获江西省谷雨文学奖等。

在九岭山里（组章）

川　梅

村子周边的树仿佛早已入禅

村子周边的树，仿佛早已入禅，活得与世无争。月光如水，树影肥胖，有风过来，会慢慢摇晃。

疏影缓慢，檐下的狗也会惶恐。在九岭山里，狗虽然有如偷生，但一有风吹草动，也会张开狗嘴，喊得村子晃动。

狗喊的时候，田亩上的蛤蟆喜欢响应，它们在田野深处耐不住寂寞。时光很慢，喊几声，意境就宽一些。

潦河两岸的芦苇，不厚德，也不载物。风一来，哗啦啦响，江上风寒，它们晃动的幅度大，但也不敢肥胖。

村子平日都是沉默的

远看，山水就将暮色。夕阳红着脸往山背后溜。溜得急，仿佛怕黑。

坡上吃草的羊，抬起疑惑，也不敢多想。在羊的眼界，如果夕阳真的怕黑，该会多么不堪。

村子见怪不怪。红尘中，这只是寻常轮回。在九岭山里，村子小，平日都是沉默的，就算有偶尔的喧闹，也会在一阵风过后归于平静。

村口的水塘更小，抱着太阳的投影，仿佛抱着真的一样。不起波澜。

缓　慢

又是黄昏，去年来过的乌鸦，落在村口的老树上，它们的羽毛好像没有去年黑了。

风有点寒，乌鸦叫几声，停下来。过一些时光，又叫几声，停下来。叫得枝上的叶片，有点惶惶不安。

乌鸦叫的过程，墙上的钟规规矩矩。秒针滴滴答答，分针转得快些，时针一如往常，仿佛不动。

赶乌鸦的人都不在了。在九岭山里，乌鸦早已经跟其他鸟一样。它们怎么喊，也喊不动缓慢。

雨来的时候

雨来的时候，娘正就着河水洗白菜，不搭理雨，也不搭理风。娘的头发已经白了。

岸边的田亩上，稻禾低下了头。大片稻禾很有规模，它们的头金灿灿的，显得比娘的头上更耀眼。

水边的杨柳搅雨又搅风，向娘的位置，扬起万千枝。借风力，把诗意泼到娘头上，娘的头发像水墨画。

下游的水面上，几只鸭子正在戏水，也不搭理雨。它们开心地用方言跟娘打招呼，想要娘抬起头来。

河　流

山沟沟里冒出来的细水长流，没有约束。它们一条一条汇聚，聚得多了，就大了，成了河流。

被蛊惑着往低处流，中了魔一样要出山。山峰一重一重，都拦不住。

那些好看的鸟，在山坳上喊。村子伸出最好的方言，一路叫它的乳名，都没有用。

娘也不舍。赤脚下水，双手伸入水里，也拉不住。河流绕过村子，拐弯的时候，仿佛朝娘摆了一摆尾巴。

一棵树想跟另一棵树成为朋友

一棵树想跟另一棵树成为朋友，找不到方法。在九岭山里，它们不像人类，会用方言。

等得久了，就等出了乡愁。它们请鸟帮忙，把鸟鸣从一棵一棵树上飞运过去。没多久，漫山都是鸟鸣。

没有鸟的时候，它们就开花，引诱蜜蜂来，引诱蝴蝶和蜻蜓来，时光荡漾，满山都芬芳了。

满山的树都成了朋友，树荫宽广。在九岭山里，树不像人类那么复杂，有花开就好，能结出果来，就更好了

乌鸦乖巧的样子蛮像好鸟

百丈寺右边村子，强势的爬墙藤覆盖了几幢屋顶，它们无所顾忌，把炊烟都吓跑了。

屋后的曲径长了青苔，依然不识时务，往山林里钻。仿佛不要后果，也不在乎结局。

竹笕从后山接出来的泉水，经过村子，也不停歇。往村前的鱼塘里去，仿佛小小的鱼塘，是一场造化。

几只黑乌鸦在竹笕下，借漏下的水洗羽毛。在九岭山里，乌鸦黑得太久了，它们乖巧的样子，蛮像好鸟。

稻草人在九岭山里是权宜之计

鸟飞过几个村子了，这些小小的村子，空荡荡的，意境深远，鸟也仿佛看不上，这样的地盘。

鸟在高处看人间，再空，任鸟飞，鸟也支撑不了。在尘世间，鸟的飞，没有用。

坡地上，到处有稻草人守秋。它们比人还多，在九岭山里，也都是权宜之计。靠它们的鸟样，也撑不起社会。

田亩上和菜地里，还晃动的几个背影，都已经驼了。小小的社会放在这些背上，仿佛很重，又好像没有分量。

村子里的人喜欢在周边种竹子

村子小，在角落里不上不下。倔着性子，头颅朝天，仿佛是对苍穹不满。

村子里的人，喜欢在房子周边种竹子，测试风水。竹子长得风生水起，有因果，造化也大。

竹林成了村子的朋友，它们跟太阳低头，对月亮低头。风来了，它们彬彬有礼，帮村子说好话。

那些种竹子的人，平日里在农业上低头弯腰，他们种养的农业，挂果后，也弯腰，也低头。

狗不可能把自然的规律改变

花就要凋谢了，伺机在山坳上的风，以为有便宜，仆仆撞过去。撞得花瓣纷纷落下。

守在地下的蚂蚁，仿佛早就做好了准备，兴师动众抬着花瓣，在尘世间招摇，显示着集体的力量。

狗不忍看花的结局，两眼闪着泪光，懒洋洋往村子走。在九岭山里，狗是多情的，也不可能把自然的规律改变。

蝴蝶和蜜蜂看得通透，拿得起，也放得下。它们调整方向，往另外的花蕊上飞。

神秘的力量让它们一起仰望

枇杷已经黄了，缺心眼的麻雀，还在树枝上乱飞，仿佛它们色盲，看不到果实的真相。

村子周边的野草上不了台面，也自开一些细碎的花，蝴蝶飞过来，蜜蜂飞过来，细小的翅膀上面，有彩色的光芒。

那些简单的事物。不一定会有伟大的念想。在九岭山里，它们偷生很久了。很多飞翔，已经忘记了曾经的苍茫。

百丈寺的梵音荡漾而来，村子里的人抬起头来，鸡鸭牛羊也抬起头来，仿佛有神秘的力量，引它们一起仰望。

游金，女，1975年出生于重庆，现居杭州。曾任《艺术名家》执行主编；助理策展人。从事诗歌、艺评等写作。诗歌作品散见于《青春》、《扬子江》、《诗歌月刊》、《中国诗人》、《中西诗歌》、《江南诗》、《诗潮》、《浙江诗人》等。艺术评论见于《美术报》、《浙商》、《中国联航》等。

回翻日历（组章）

游　金

西　湖

——致友

断桥那水泥地面记下你走路的节拍。是一个诗人思虑的节拍。

沿着湖边你走过二十多年，湖水经过你的审视，因而在深处藏有经你批驳的波涛。

这桃，柳，七月的荷花，也都嫁接在你泛滥的江南之梦中，在你对他乡与故土的较量中，它们被反复垂视，最后你都给了它们羞涩而克制的诗章。其中古老的香樟——生长在吴山上的那些粗糙的树干，那逼人的浓荫，经过你穿透历史的吟唱，再次生出古典的青苔。

你骑行在北山路，开车在南山路。

在北方的豪情中，注入南方的忧思。

你走在长桥，怀疑祝英台的性别如何得以掩护。

你走在断桥，怀疑白娘子的人格何以建立。

你来自北方，又比谁都属于这里。你觉得这是你的西湖又不好意思全是。你是他者又是主人。你白天是他者夜晚是主人。你工作时是他者，写作时是主人。你开车时是他者，走路时是主人。你尤其爱宝石山，细腰的塔仿佛来自春秋时代的女人。你遥望苏堤桥孔动用了历史，你爬上宝石山动用了修辞是因为你非用不可。

西湖的柳枝比天底下所有的柳枝都温柔，你沉迷这种温柔又觉得是对故土的背叛。你不得不在诗中歌颂故土，为了让位于情感的平衡你也追问西湖歌舞几时休，更多时候你想不了了之。你欣赏六公园的广场舞又觉得是对自己的背叛，因此你嘲笑它，认为它是对古典的背叛。

你想要一个古代的西湖，书上的西湖，诗中的西湖。白居易的西湖，苏东坡的西湖。你想要一个古代的西湖是因为你觉得作为一个诗人你需要它。

事实上你想要一个可以坐电动观光车的西湖，可以骑车兜风的西湖，可以一通电话或微信，就能约到十分钟后见面的朋友，一起过马路吃杭州酒家的西湖。

结束一天的工作后，你离开单位大楼，步行十分钟就可以来到湖边。就像现在这样，你不看来来往往的游客，在湖边沉思。忧思是你的天分。作为诗人，你整个儿怀抱着时空中的湖水，此时城市灯光倒映在水中，就有了几分迷离，你觉得你是它的一部分，是水的一部分，岸的一部分，草木的一部分，游船的一部分，售票处的一部分，特产的一部分，以及烟雨的一部分。

你悟到一种必须对它负责的义务。

有那么一位姑娘

作为一个女性，我知道，姑娘不是一种性别。

正因为人生有憾，理想作为最遥远的光亮而闪烁。是的，我们够不着，但可以看见。

当我们不知如何定义最美好的理想时，也许可以把它当成一位姑娘。因为姑娘，是完美而无瑕的。

是无所不能的。是神性的。是女娲，是缪斯，是维纳斯，是陌生的普通小女孩。是用不完的金钱和激情。是最甜的吻与最深的爱。是富足，是能实现任何愿望的那阵流星雨。是浇洗阿喀琉斯脚踝的海水。

是我们的终极价值。

但最终，是记忆里的初恋。

有那么一位姑娘，因此人生要么有了回忆，要么有了追求。

我们就找到了生命的意义。这位姑娘，于不同的人，自然有不同的面孔，和不同的名字。

之于诗人来说，或者可以把她叫做“写作”。作为人的诗人，面对诸多不如意，却在作为诗人的人面前，以写作、以诗得以抚慰和安顿。

我也想象着这样一位姑娘：美好；灵魂的温柔乡；万全。

她以诗的面貌现身。

磁 铁

你把磁铁留在房间的铁盒里，完全不知道它已经改变了本质。

如往常一样，你把磁铁留在铁盒里，独自去漫游。

像吉普赛人。翻过一个又一个年头，你走回 20 世纪。

由于你不再需要通过磁铁获得那些珍惜的物件：缝衣针，大头钉，失踪的发夹。

由于磁铁曾缺心眼儿地把你妻子的戒指从她手指上拉下来——

你曾用它帮你寻找过珍藏了几代人的金币，你如愿以偿——

你把这玩意儿留在铁盒子里了。它紧紧贴着铁盒，找到了归宿般。

但你现在孤身一人，大部分时候都在不确定的地方，像个吉普赛人。

你往回走，变得年轻的熟人，跟你打招呼，叫你师傅。

师傅，再给我们来一个魔术吗？

我已把一切归还给了神明。你回答他。

你东游西荡，以为随机因此可以到达任何地方。却发现总是走向过去，仿佛有人在你的脚底下回翻日历。

是什么让你获得了新的定律？直到多年之前的一个孩童追着你：

把你的磁铁再给我玩一玩吧？他手里拿着一块铁饼，请求道。

我放弃了它。你说。它不在我这里了。

但孩童不相信你的话：你总是这样说，但每次都在你的背包里。

孩童翻开你的背包，它果真在那里。太不可思议了，你想，它如何逃脱了铁盒？

即使隔着背包，它仍紧紧地附着在你的身上，怎么也拿不下来。

长 江

大陆板块轻轻摇动，亚洲古大陆的内海，向东倾斜。

一滴冰川的水，叮咚一声滴入尘埃，荡起第一个水洼。

哗哗的流水开始了，拦住向西的古老河道，掉头向东。

大地推移挤压的巴山皱褶坚硬，抵住狮子般的洪水。

水与山的较量开始了。刚与柔的较量开始了。

水往低流，还是往高走，在很长的时间里一直悬而未决。

在无法计数的年月里，水一度向上行走。水叠着水，把自己向上抬，向上抬。在最激烈的战斗中，甚至有一部分水退回了雪山。

冰川释放更多水滴，加入战斗。

那时，西方挪亚的始祖还没有被创造。

东方的老子则倒悬在巴山上空，注视着这场以百万年计的抗衡，他在等待，关于水的哲学，他还没法下笔。

屈原在等待。李白在等待。李商隐在等待。苏轼在等待。刘备孙权曹操在等待。无数的纤夫在等待。

老虎在等待，猿猴在等待。大禹在等待。神女在等待。

八大河流，四大湖泊在等待。湖北在等待，湖南在等待，江西江苏在等待。金沙人在等待，河姆渡与良渚人在等待。

每一滴水带着最古老的冰川的记忆与教训，它要创造一个奇迹，一个悖论，一个反规律的规律。滴水穿石是宇宙的第一反自然态。

腐蚀，施压；施压，腐蚀。洪水已经听见来自东海的召唤。

洪水是一把异形的刀，每天切出巴山的一块组织。在没有任何征兆的一天，天崩地裂。长江与巴山决出分晓。

水乐智啊，以柔克刚。老子高兴得跳了起来。

在最初的泥石飞迸之后，群山恭顺，合力把长江送入东海。

渺小的人还不知道古老长江如何与自然斗法，创造了另一种自然。曾梦想征服长江。

曾有一个人顺流而下，找到在江尾居住那个年轻的女孩时，发现只是自己老了。

另一个人逆流而上，累死在三峡。白云悠悠，神女投下同情的一瞥。

长江现在欢快奔腾向东，养着的人或敬苍天，或筑城，或种稻。他们也在江上行船，造桥，在江里游泳，捕鱼。他们喝着眼前的江水，自以为亘古如此。

在思想深处种上五谷（组诗）

闫太安

我在我的皱纹里栽花种草

喂一群鸽子，放几只山羊
把远方相思的云朵折叠，打包和安放
私藏一小块鱼也不懂的水域
一封来自大雁的书信
每当我站在我的皱纹里张望
脚下的地平线就变得更加开阔
偌大的星空一览无余
其时，我不说话，但心里很踏实
总相信天上有某一颗星是为我照耀的
它的存在完全是因为人间还有
一个叫闫太安的邋遢之人

闫太安，陕西省作家协会会员、中国化工作家协会会员，曾在《延河》《陕西日报》《延安文学》等刊物发表过小说、散文、诗歌等作品。2014 年，出版小说《看井人》，鲁迅文学院陕西中青年作家高研班学员。现供职于延长石油集团油田股份有限公司。

对时间的疑问

水的温柔让我们以生
火的焚烧让我们以死
在四季的镰刀下，青草
花朵和月光不断被收割
我也忙碌着，在思想的深处

种上五谷，鸟鸣，风声雨声
疾病，石头和它意想不到的荒芜
在闲暇之余，我还会走在身体和时间之外
对着自己发问：
是谁让我们长着人的面孔
蛇的舌头和鱼的鳞片

你的眼泪

不知是谁种出了天上的星辰
白云和雨水
游子用他眉毛的弯刀
又收割了一大片熟透了的月色

找到了空气和水的鱼
在泥土纵深处
游回了母亲疼痛的子宫
落进土壤的种子就在抽芽破土的路上
发出了一声脆响的鸟啼

天上的雪花燃烧了孤寂的石头
北斗星的勺子里就溢出了醇香的美酒
喝醉的萤火虫在黏稠的夜里踉踉跄跄
一盏孤灯找不到回家的窗口

珍珠和落日掉在了乡下
一个还没有脱贫的黄昏
黎明的守望已捧出了迎日的莲花

父亲的牛羊纷纷走上了朝西的大路
它们还没有见到面带春风的菩萨
一把刀子就说出了它该说的话

我想爱的那人 消失在了人海

我想种的花不只一朵
想栽的树不只一棵
想爱的人早已消失在远处的人海

站在这芦苇荡一样密植的人间
我是一根吹奏西风的竹管
我的演奏里，最美的那朵芦花早已消失了影踪
唯有一场大雪转身而来，成为我最美的知音
只有她挽起了我的手臂，向着白云倏然而去

雪

那一朵朵精致的白
是语文老师用白的粉笔写出的字
他把一整块黑板都写白了
也把我的呼吸和眼光写白
把一些灰暗的故事写白
把一个卖火柴的小女孩写进白里

面对一场下得正欢的雪
我缩手缩脚，不敢踏入半步
我怕我脚上有泥，心里有污

雪其实是一个姓白的女子
她的皮肤是白的，心也是白的
如今头发也成了白的
自从她嫁给了我以后

我们就一直在雪地里过着日子
在雪中干活，说雪一样白的话
生儿育女，慢慢变老
老得似一片等待着融化的雪

和爱人一起在秋天里走过

我感到秋风一阵白过一阵
树上的叶子一边变白一边就落
我们的头发和眉毛也在急速变白
想起昨天和今天走过的路都成了白的
身后的脚印全都变白，没留下一点痕迹
我和她的影子也转眼变白
正在风中摇曳着脆弱的时针悄然散去

和一根烟说话

我看到许多事
向上，正一丝一丝化作了雾霭
向下，已经成了人间香火
正一缕缕散去

和一支烟对话
大风把肉体与青铜吹成了黄土
太阳把远古与海水蒸发成雨水
菩萨在众花中打开，在肉欲里关闭
那些从高处而来的雪
从古一直下到了今

你的选择里有三月的雪（组诗）

谢钦巨

谢钦巨，1975年出生，温州市作协会员。曾在《诗潮》、《散文诗世界》、《文学港》、《江河文学》等刊物发表诗歌和散文。

檐下蔓

往下弯曲
地很近伸不到，天很远够不着
无所依靠的飘荡里

街道斜着走
雨往天上飘
它是命运倒挂的一株草

她的时代

她在小学教室里，坐姿很规整
是全场的模范
她远去时很神秘，像山间的松鼠
一瞬间消失在丛林

几年后她回到村里，嘴唇变得异常红润
走路姿态很不一样，刘海也是南方的
似乎被做成了一个标记

她爱唱《梦醒时分》
当时唱得我内心塞满棉花
偶尔还抽出一条丝来
丝上滑落怪异的药味
不久晚风飘来她不幸福的故事
直到现在我偶尔会想起她

像是门前栗树下的一声惊呼
那个时代恰好刺中她眉心

故　土

他出生在这里，他的户口在这里
他的名字是祖母取的
他挨着草、泥土、小溪生活

年近七十回乡
开始谋划一场巨大的行进
清数自己的土地，修整老屋和田园
种上所有喜欢的作物

四处搜寻失落的信息
甚至黑夜，也在田野上
现在，村里人都说
他如蜜蜂般终日奔波

仿佛一棵草籽隐藏多年
在一阵暴风雨后来到春天
播在了必经之地
一再推迟的花季欣然喷涌

如同涂在桑叶上的白鸟粪
还有横行缠绵的蕃薯藤
我的父亲，他回到了自己的位置
把埋在心里的故乡复活一遍

北方还下着雪

这个春天有些特别
北方还下着雪。南方已娶了冬阳
你的选择里有三月的雪
从此，远方不是一种象征

多愁善感开始缠绕你母亲
爱和远方让泪水时常打转
她心里的春芽呀去了北方

北方下着雪也下到她心里

在寨寮湖边

从自然敞开的窗户
细察一片平静的湖面

草地呼应着天空
认识湛蓝进入湛蓝
空无即刻转化为现场
无知的影子和钟声
无法干扰内心对时间的解读

风筝及时漂到湖上方
篝火突然造访，以一个眼神
去收买秋的枝头和白鹭

塘河：流过城市的梦

上苍流下的泪滴
蜿蜒长成了你
从田野的童年跃向东海

你吐露的清晨，白乌翔集
给这个城市起了好听的名字

小船赤脚走进城市
带上乡野，带上静谧的河湾

一朵河流的雪花摇着纱
扑向不息的人群，落进城市的眼里
完成一次生命的描绘

恰好的慈悲（组诗）

（江苏）白小云

雨

在它们诞生前
在吼叫开始撕裂前
在小河变成泥流前
在屋子学会闭眼前
在妈妈还是活泼的少女前
你就存在了，被谁不由分说地
扔在这里

你不知道怎么确认自己、
介绍自己、满足自己
于是你发脾气、打滚
你左一下右一下、
毛手毛脚拥抱我们、舔舐我们

就像我不知道怎么称呼你
只能胡乱把你喊作“眼泪”

你浸透我们，“湿漉漉”
是你事与愿违的完美

我没有理由讨厌你

结　局

一开始是蚂蚁，后来是兔子
接着长颈鹿，最后大象也出场了
你编一个睡前故事，给正在入睡的自己

你心思重重，其他的力量会不请自到
狡猾的狐狸、残暴的野狼、爱摔跤的黑熊，
见肉流泪的鳄鱼、小兔子要不要缝上
大灰狼的嘴，白雪公主的反杀阴谋
是否应该得逞，小蜜蜂的毒刺刺向谁

即便你主掌梦的结局
那个活泼可爱的你，也未曾见过
作为一个善良人，你生来就是
忧心的老人家

选　择

你们一定都经历过这样的时刻：
许多努力后做出的选择
依然无法令自己满意，甚至可能
看起来十分糟糕，不敢细想

只能退远一些、再远一些
像远离杀牛现场一样，退到视力之外
直到看不见它们血肉模糊的求助

才能远观一场热闹，磨刀的人、
放血的人、按住牛头的人、割肉的人、
剥皮的人……好心的人们赶来协助
完成一个喜庆日子的大礼

是的，必须走到如此之远，
你才会明白自己的努力其实已经足够
但还是微不足道。你所能接受
和不能接受的，一直在你的努力中
但你改变不了

表面上

仅仅从白裙子、黄头发，
你无法看出她正被一位绅士深爱着
无法看出在这段感情中
她是被动而强势的那一个

她的红皮鞋是平跟的
吊带裙刚够把丰满的胸兜住
脸上的雀斑不均匀分布
是的，你无法看出她的出身、
她家族的财富哲学历史背景、
她夜晚桌上书籍的蓝布封面、
清晨餐盘里刀叉的雕花、
梦中带露水的小夜曲

她深坐在沙发里，一言不发
爱她的人观察到她的疲惫：
敞开的睡衣、无力下垂的右手臂
和左手指间的香烟

后　院

观察果树中的一棵，它从世上某处来
种子落入泥土，吸收乡村夜晚的露水

叶芽顶开杂草，开始未知的一生

然后，挂在枝头的一枚
成熟的皮肤上有一些黑斑和凹痕，
那是太阳和虫子、鸟粪合作的痕迹
它将被摘下、丢入框中，一路摇晃着
到世上某处去，成为另一些种子

桃子、橘子、琵琶、苹果……
它们在各自的季节，重复看见那些
摸过同一枚果子的老婆婆、小姑娘的手
和同一双手经过的饱满和腐烂的果

悬浮半空的一生们
从哪里开始它们的思念都纯粹无瑕
在哪里结束它们的旁白都由自他人

莲　雾

那是潮湿的中午，我们站在路边的浓荫里
仰望一个解释
光亮的红色的果实在碰撞在接吻
在摇晃汁水甜蜜的秘密

那么多的红唇，来自同一个故事
适度的激情让她饱满，恰好的慈悲让她柔软
她在城市的中央、车来车往中生长

一对对蜡花儿挂满枝头
相依不染尘埃

雨夜抵德令哈

（组诗）

（湖南）甘建华

雨夜抵德令哈

夜幕中的一头雪豹，急遽而凶猛地
奔向德令哈，雨水正在冲刷那座城市
昨日失恋的司机，神情有些些紧张

接应者，一个素未谋面的鞑靼
与他的女友，在高速出口，嘴角叼着
一枝矢车菊，脚边卧着一只牧羊犬

几乎同时发现对方，遂急急地询问
那年八月，曾有名叫海子的诗人
途经此地，那个姐姐家在何方?

夜幕最深处，忽然传来一声惊雷
一道蓝色闪电，如出鞘的刀锋
风，住了；雨，说歇就歇

柏树山引

沿着连绵不断的山脊线往巅峰生长
成为德令哈绝美风光的

可是祁连圆柏么?

从高寒地带裸露的坚实花岗岩缝中
塑造出千姿百态盆景的
可是祁连圆柏么?

见证了白兰古国和吐谷浑汗国消亡
固始汗挥戈金色原野的
可是祁连圆柏么?

远眺像一只只牦牛憩息于山坡草丛
近观似寿星褶皱面容的
可是祁连圆柏么?

在海拔两千多米的柏树山瀑布前
我看到了第四纪冰川期
一头雪豹晃动的俏脸
和无数只扑楞着翅膀的灰色信鸽

尕海草地见两只小赤狐

其时离黄昏尚有一个时辰
光线华丽，自西天斜照
让人周身涂满了油彩
尕海的咸风，微微地吹拂
牧羊人的鞭哨声，偶尔响起
旷古大野，更趋沉寂安宁
什么也不想，我们只想在此
稍许歇一口气，夜宿黑马河

倏然间，只见一块褐色石头
向前滚动几步，又有一对耳朵
毛茸茸地晃悠几下，两只
晶亮溜圆的眼珠，警惕地瞪视
陌生的撞入者，似小犬般
轻唤两声，引来另一只同类
大大方方地，并肩蹲坐在
十来米远的草地，相视一笑
互相吹一口气，一只挠挠头
伸了伸细长的脖子，另一只
摇晃着火红如闪电的尾巴
前爪慵懒地前抻，三下或五下
如做广播体操，舒坦地趴在草地
两相面对，扭动柔媚的腰肢
走向不远处的穴居

在夕阳余晖的照耀下，两只
小赤狐的样子，就像
两个放学结伴回家的孩子

阿力腾德令哈寺院

疑心是一片银杏，却原来是
金叶榆，从树梢袅袅飘落
我的肩头
寺院静谧
夕阳从房檐一角
斜洒几缕金辉

贴墙而行的僧侣

一老一少
从对面的犄角
披着冰雪的光芒
带给南来异乡客
藏药犹存的草木之香
少年羞涩一笑
眼中泄露了春光
老者面容严肃
两排贝齿闪闪发亮

那边厢
老妪轻声念叨着六字箴言
耳坠上的玛瑙
被风儿轻轻一吻
发出尖锐的叫声
恍若隔世
大盆地邂逅
一队云彩手拉着手
飘移过来
自身后的柏树山
一个梦未醒
在阿力腾德令哈寺院

哈拉湖的野牦牛

哈拉湖给我的惊悚
不仅仅是
祁连山巨大冰川下
深蓝得
令人恐怖的湖水

当冷寂的荒滩上
突然扬起几十道烟尘
朝着冰川下延伸的山沟
狂奔而来，风卷而去——
可是我望眼欲穿的野牦牛?

它们的速度之快
超过了守望者的呆怔
从一团黑影
到一个黑点
顶多也不过十来秒钟

当它们消失在凸起的山丘后
我与同行者
犹自捂着发紧的胸口
不敢确定，它们
就是哈拉湖的野牦牛

漫步在德令哈金光大道

这是城区通往光伏光热产业园区的
一条主干道
在诗人海子叹惋雨夜的

三十五年之后
光热电站
可以全天候
连续、稳定、可靠地
给予金色世界
及其更多的城市
以无限光明

那晚，我们自金光大道
转过巴音河
回首挂在树梢上的
落日余晖
像一缕缕神秘莫测的
追光
坠落于诗歌碑林

河那边，德令哈的夜色
星落如雨
繁华明亮的街衢
绝不逊色于内地任何一座城市
而当我们在劲爆歌声中
就着烧烤
仰首喝下几杯啤酒
醉眼惺忪中
发觉那些说不上来的
光电名词
其实也能倾倒慕名而来的
四海嘉宾

又见端午（外四首）

（河南）九　月

江鸥倾斜羽翼，倾倒出无轨迹的自由
单簧、双簧、短笛和小号
声浪朝着相反方向，飞行偶尔停奏
犹似留白。
夏至这张网，将诗人薄薄的影子从水里拎起来
瘦削的句子串成波光，刚被风擦掉，又写上
趁阒寂还远，那是众人终将抵达的幽蓝
夕阳正燃烧成一场干净的葬礼
他在江边走着，她在江底躺着
她（他）们手执石子抛向乌有的波心
她（他）们什么都没说，却什么都说了

早　晨

除了窗外鸟类的对话
世间令人不解的声音，还有很多
比如炮火
比如，阿卡塔玛沙漠的雨和波德莱尔的预言
冰川早已开始融化

无法摆脱失眠的困扰，常听拉赫成为一种习惯
咖啡神经质一样，需要戒掉
每一天的旋律都稍稍有些不同，那株
从寺庙旁出走的兰花谢了

我体悟到非我

有时候，像交代后事般写诗，却总也写不完
一条路将生死之外拉扯的乏味冗长
不管有没有黑夜，众人都会舞蹈
今天依旧，我要去往水中练习飞翔

无序的言说

一场寒流突降在三月
雨以低沉的弦音唱和
被网络追捧的鸥群，在码头失去人流蜂簇
冰箱门打开，供电设施短路
值守者将久违的隔离栏放置于霓虹大幕前
春日闹热让玉兰的幽香失去存在之思考
五蕴皆在，河渠奔走的日常亦无垂钓者追问
琴女和大卫并肩站在一位女中学生的书桌
材质是白石膏，类似粉笔，类似雪
雪从无中来，在空中生
隔窗的甲流患者，用食指按下马歇尔音响的
蓝牙键
有太多眼睛和耳朵，在侵蚀她的生活
抄经者笔端的深黑已悄无声息染透玻璃
楼下琴童指尖的困顿，被昂贵的琴声淹没
她同时接纳母亲的责骂，和雪

楸花与夜

包括房屋、街道、虫鸟和草木，墨色
将太多言语溶解
黑暗成为山谷，倒置在三尺之上
赶在一场雨未降临前，楸花铺排在人行道上
若不是如此，谁又会抬眼去望望高处的静默
我们行走如机器，加缪笔端的剧情
日复一日上演
还好，你有你的马勒，乐之风箱
鼓吹着疲乏又含盐的梦。
一朵楸花就是一位年轻时的母亲
我们不得不接纳衰老。爱恋者的余音
缭绕在山谷之外、街市之外、风之外
在远方，在夜的流动中
小小的白花里横亘着永不关闭的生命之门
感激夜，在低处为我们葆有如此狭小的归宿

雨　水

在 ICU 门口，最后一次
听到她的名字，魏玉兰
姥姥不识字，却喜雨
她选择将自己苦涩、瘦小的一生
结束在河流破冰、大雁北归的节气
她的眼睛像月牙，面颊凹陷出深深的泉
那是八十八场积雪，融化的八十八个年景
清澈中无一砖一瓦，没有脂粉
不见金银
姥爷走后三十年，她从不讲述苦痛
直至突如其来的撕裂，将泉水染红——流干
她走了，从泥土中来，向山野间去
她的脚底，和发髻一样干净

生命深处（组诗）

（江西）王小林

在一滴露珠里清醒

一滴露珠是坚硬的
一滴露珠，从不诉说疼痛
独自在奔波中悟禅
大知而后大觉
因为经过长夜的黑
才换来清晨晶莹的亮
她如此纯净
或为一道彩霞
或默默地滋润着大地

入　世

我在乎任何一座寺庙的任何一个角落
我在乎寺庙的所有颜色
我在乎灯红酒绿中不俗的灯火
所以，我在乎我最终怎么入世

思考的树

三百年前
你是一粒无根的种子
三百年后
我还只能仰视你
也许，再过三百年
不，或许三千年
三万年
我早已变成一抔黄土
而你仍傲立在那个今天
让我无法企及的高度

西隐寺

尽管他没有灵隐寺那么宏大
但他供奉的佛
同样那么神圣
只要根植在我心中的土地上
你就那么宏大无比

郁孤台

一个忧郁寡欢的人
一个踌躇满志的人
一个心怀天下的人
他孤独地走过南宋大地
把南方的一滴泪装进心里
他只能驻足这里
再远就无法西望长安
再远就没有如章水和贡水交汇
逆水而上
抒写心迹
青山遮不住
而你只把一畦青山站成千年风骨

站在雪地里的梅花

站在雪地里的梅花
这片柔软的雪地就是你的瓷
以水样的楚楚动人，打动世界

一片由春天抵达的叶子

我相信：只有这片叶子相信
自己一定会走向成熟
所以，她才有张扬的个性
和无所顾忌
只有这片叶子相信
经历过从春到秋的一生
自己终归化作泥土
所以，当完成一生的演绎后
她又无所顾忌地低下高贵的头颅

送九旬老人上山

鞭炮再长，点燃就没了
一路的纸钱写着风俗
也写满族谱上的荣辱盛衰
过桥
拐弯
上山
一切的喧嚣回归寂静
九十年真短

去纳木错

去一趟
你看到什么
像一阵风吹过
只有经幡还在逆风
只有合掌石还在那里注视过往的人们
只有虔诚的人
还在路上
匍匐

野　草（外五首）

（山东）巩本勇

野草开始缺骨少肉
冰凌散落，雪花纷飞之后，冷风继续吹动
让汗毛孔都生出根须

这个位置，我想在白天做黑夜的事
谎称前进的月亮
初恋时接近女人就这样

一场雨水过后
牛羊添膘壮肥
我总是没心没肺地笑

听湖水讲古老的故事
只见野草抬高了头颅，一点点将温暖蔓延
一副要与天相接的样子

清　明

黄昏被雨水打湿，与那些长满叶子的树，
长满迷失在路上的野花。
泥土需要这样的仪式逼近，雨下起来了
父亲已经藏好了。
能够与父亲交流的是雨，它不注意寻找墓口。
我的想念有时候很接近另外的一类事，
一个给我呼吸的人存在于我的世界，
因为祭奠和怀念，一块墓碑也蕴含生之波澜。

父亲的草又长高了，这是他的庄稼，
尽管这土地我已熟悉无比。父亲的河流醒了，
这个时刻不是那个时刻。风一吹，
我把清明写进诗歌。

四月，在一场花事里

四月的笺上
每一只蚂蚁，每一只鸟
开始逃生，开始属于自己

黑色甲壳虫趴在桃花上面
闭上眼睛，一朵花开的声音
你的秀发在墨池中泅渡
月色，一点一滴穿过整个身体

我在小镇上生活
一树一树的槐花绽放到了极致
下过雨的油菜花黄灿灿

风筝高飞，樱桃已微微泛红
你碰了我，你就得娶我
在一场花事里
有什么是不可以的呢

暮　色

这里是桥头，

桥下通过的河水已经合流，

我不在乎她的柔弱：

水流，蛙鸣，

间或夹杂着几声鸟叫，

被点缀在荷塘里，

与我同样爱好的还有很多人。

灵魂摆渡了我，

这种纯粹的暮，

却也压抑着，

河东的教堂，河西的菜地，

晚霞从地面移到树干，

乡村，草木苍黄，

我吹着苇笛，像一只苇雀呼唤另一只。

白　鹭

一会儿站立成一棵树的姿态

一会儿回旋成一朵花的姿态

一呼一吸间

白鹭便捕获了一条小鱼

受到惊扰，白鹭迅速逃离

蓝天是另一个家园

偶尔，它也会仰起头

瞧着慢慢沉落的夕阳

只有白鹭，温暖了日出日落

那些平时亲密的云，包含太多悲伤的雨水

山　野

地貌以山地为主

野花开的时候，一层层地开

一点点地香

我开始模仿哑巴的手势说话

云飘，蜂飞，蝶恋

稻子在田水浅处，担当万物之名

在山野的家族中

它是卑微的

农夫的锄头在镜子里挥舞

这是贯穿一季的主旋律

倒下的

一如它们的祖先

闪耀着的目光分为七色

从水底分裂出来，点水雀也如此

我看到了收获的稻子

它的眼角垂下一滴滴泪

艺术札记（组诗）

（浙江）苏建平

苏轼夜游赤壁

现在他来到夜下，来到月下
又将脚步停在石头上
复又从石头上踏入江边沙泥
一种潮湿的气息，唯在沙泥处
才整个亲切地裹了过来

万物在身边，又仿若
运行于另一个世界，其中机关
在于月与水与江上之风
多么久！这赤壁此处的景象
短暂清醒而又长久沉睡着

从上船一刻起，一种摇晃
带来一种肉体新的节奏
一些东西，开始从虚无中长出——
无用的手指动了起来，安静的喉咙
有了歌唱的愿望，而对视一眼

仿佛在看周身，仿佛在看
身外与身内。念过的众多书籍
书中的众多人物，人事中
吹出又消散的箫声，一切，全部
皆如江上微之又微的风

轻轻掠了过去，仿佛是
一个夜晚的新生，仿佛是
一个夜晚在某个时刻的停留——
一只船，几个人，凌乱的杯盏残酒
构成了一个正在询问的复杂生命

观八大山人作品

我已不能目睹八大山人
完成他标志性题签的时刻
这怪老头，哭也罢，笑也罢
他在枯索的山水中

完成了一种后现代式的
相互对立又生成的奇异混沌

晚来风急。对于八大山人尤其如此
老居士居于无人知的隐居处
大明皇朝的嫡印烙在身上，一直
褪不去。他并不是在躲避人间
他一直躲避的是身份

庄重，谐谑，随衰老的身体
终于转化为左右手的互捕：哭或笑
现在他轻易地找到了一条路——
怪石，怒鸟
它们在他手上获得了失真的比例
却又全部获得了自身的再生

塔希提岛上的高更

到此，他才停顿下来
这遗世的小岛因种种古风
走在了艺术的前面
他敏锐地抓住了一种节拍
他，和小岛
以及小岛上的人
时间集中地在星球上从这里流过

时间集中地在星球上从这里流过
女人丰满的乳房，粗壮的手臂
棕而黑的皮肤
海风吹过而梦境过多的植物
酒吧有酒
带有兽性
而又富有青春气息

现在他满足于过着垂直的人生
星球和时间集中地倒映在这个小岛上

《清明上河图》中的人物自述

从天未亮的早晨，我就起床
在店铺里张罗一天的活计
老板还在沉睡。你一定猜到了
我是一个店堂的伙计
我把火生起，指挥其他人，把料
一样样分门别类，或洗
或切。外面是否下雨，并不重要
重要的是这些活，在客人来之前
全部准备好。经年累月，我的骨头
开始疼痛。尽管年岁增加，对照生命终点
我学会了做减法。熟人与生人
在我眼里，全部按熟人接待
感谢这家京城的饭店，感谢饭店老板
感谢所有来的客人，让我不去漂
却看到了众多漂泊的人生
感谢一个叫张择端的画师
创世一样，他从虚无中画出了我
并把我仁慈地安置在了
一个门口飘着旗幡店招的码头

微　疼（组诗）

（安徽）李庭武

渐　冷

夜里把身子往里挪了挪
梦里躺在铺满干稻草的牛车上去见你

顺便，掐了路边一朵
亮着的小野菊

秋　雨

这场雨，下了多久，下了多少
估计它的母体——
云都不清楚

记住几个有效时刻
前日牙疼，如一台割草机

在太阳穴，腮边，口腔里割草，嗡嗡的
天黑了又亮
昨日仿佛情景再现
今日中元节，雨滴，打在叶子上，颤颤的
我想我逝去的亲人

白露之晨所见

起个大早。左胳膊右臂
各挽一只虚拟的篮子
露水遍地都是，但没有一滴
抱着昨夜残存的月色
天蓝的像贴纸
落叶如麻雀坠地
大旱，让本应沉甸甸的稻穗不肯低头。不肯
向渐深的秋臣服

在皖南川藏线路口

再一次经过这里
只是望一眼

面对熙熙攘攘的人群
双手合十拜了下

这是条遥遥无期的路
有的人用尽一生

回来的人，谈了一场几十公里的徒步
没提及远方，叩头，以及长跪

秋夜即景

下过雨的秋夜
屋后空旷的秋夜
挤爆了蛙鸣
阳光如拖把
渐渐擦亮清晨
鼎沸的蛙鸣
熄灭了

它们，竟也识得阳光那又薄又亮的刀刃

八　月

雨水，从不同地方
同时赶赴我的小城
让小城成为一座孤岛
一座绝望的岛

雨水退去，小城
露出本来面目
阳光，又如白虎盘踞了天空
阳光，在天空发出低吼
我不敢掀开门帘
一露头，就被狠狠撕咬一口

这是八月，我在惴惴中写下——
秋天锋利如针，唯有针扎，令我惶恐不安

树底下

树底下那块空地，读到诸多
古今中外，各种流派的画作
一枚叶子，一滴雨，一只麻雀，一片雪，
　一抹月光
落在上面，会有
各自怎样的页面

如果有更多的元素加入
交织，组合
又怎样纷繁的呈现

穿越时间（组诗）

（甘肃）西　可

背靠贺兰山

背靠贺兰山
我才能抵挡来自漠北的寒冷
安心是我一生的追求
我和家人居于山下，每天
清洗石头，种植酸枣
我知道岩羊爬上去的高度
它们胆小
一生都在恐惧之中
已经经历了太多的侵略
汽车马达声，手机抓拍一次
都像是马蹄敲击石头
在它们眼里，人比雪豹可怕
它们总是遥远的看着
我这个憨厚的邻居

我的中秋月

我挚爱的鸽子，落在屋脊之上
低头的一瞬，泪光闪闪
我的牛羊，沿着河边缓缓回家
它们离开青草覆盖的坟茔
母亲把门前树上的枣摘下来
装满盘子，一层一层摞起来
父亲手中的核桃数了又数
他抬头看着自己的孩子
深蓝色的天空，可爱的面容
夜空中飞奔的故乡
更像一场动人的爱情
我已疼痛过了
只有思念还在路上

有一个地方叫灵武

它有无烟煤和大碳
楼群和高速公路收费站
都有隐约的黧黑
黑就是深色的黄金
比省会更加富有
大部分或者全部
都是打工者和竖起的工厂
烟囱和起伏的山丘
像与蓝天和远处的黄河相对
沿途都是环保的招牌
写着百强县的数字
他们正在打造一个新唐城

清水营古城

这些石头和泥土的堆积
掩盖下的庙堂和市井

竖起的旗帜和法柱
抑或倒下的赳赳武夫
尖锐并不规整的安静
竟是一个近乎完美的城堡
进出已经坍塌的翁城
我像回到了前世
正在经历黎明的急切和黄昏的拥抱
每一个瞬间，都让我震颤
我不是谁的苍凉，尘埃落定
我只是现世的瓦砾堆
陪伴在芦苇和芨芨草之间
沿着河边漂浮在草叶上的尘埃
偶尔一次相遇，空气中
多了一个人的呼吸

穿过时间

穿越无人区的时间
我没有工具，铲子或者镰刀
我的手机没有信号
走进时间的反面
我看到顽强和软弱样子
熟识的和陌生的
它们冷漠无情，乱石滩，死亡谷
像一次又一次誓言
一遍又一遍疼痛
沙漠，戈壁，是我最好的墓床
海枯石烂之后的安静
让我无比留恋的花花世界
好像与我无关

西　行（组诗）

（陕西）陈　敏

草叶不喜欢人看见

大巴溅起的霾与时间
很快湮没了一根草的直，之前
它一直在绿

有人咳嗽，吐痰，还大声招呼
中途方便，女士们得排队，眼睛从不看两边
男士简易
烟卷已经点着火，开始打量彼此恍惚的脸

大片沙粒砾石满脸灰白
风、旱季，还有呜呜叫的车轮子，
　挤干了水分
休息也不好，脸色是给旅人看的

远远看去，沙砾的后边也还有绿
草叶也还在直，还微微地摇着，叫着

——草叶不喜欢人看见

有　梦

塔吉克族的尖顶帐篷，很神秘、也很秀气
像极了里面总不出来的白姑娘

蒙古马群蹄声达达
国境线，漂浮在眼前，又刮着微微风
曲曲弯弯去了那边

山势低矮，生在边境不长个头
身背后的雪光招招手，把银亮送过来

月亮从心底里升起来
那样白

布尔津：河流与舞蹈

很少见到这么瓦蓝蓝的河流，蓝天白云
一直在人间

瓦舍消失，旅人卸下魂魄的大包袱
尖顶顶塔吉克族帐篷，梦魅的炫目的脸蛋蛋
放牧的苗条的白姑娘手一扬，
　　飞出云絮团团——
一朵一朵明眸皓齿，不说话时最美
也不隔着草原

夜晚扳着指头算，待河畔烟火升
男女们隔岸观火，心跳伴随火苗舞，让酒高
让那个不解风月的水波波自己走开

北方，北方的海洋哗啦啦响

向　西

黑，不宣而战，壁灯和翅膀摁灭了不留痕迹
西安——乌鲁木齐直快列车没有了好心肠
戈壁滩遍体鳞伤，白天就已经给人们
　　做样子看

一双手伸向虚无，一双手自由地飞
最深处的钢材拿出来用，眼珠子和铁轮子
　　一起动

窗口开了一个小口子，鱼肚色包裹扑面而至
来去无踪的是久远的空

——向西，别无选择

看鱼，大红鱼和它的亲戚

我们从观鱼台上看鱼
看到喀拉斯湖里的大红鱼，和
它的亲戚大湖怪
已经归隐
在时间的隧道里沉睡，梦里
一定说了逗逗你

我们看到喀拉斯湖，一会儿长高了
一会儿把日头比下去
把日子拽成了发丝和卷烟，还
只肯用后背小觑我们
还有天空上的蓝，说着说着
又变白了

我们始终站在高处，头顶
长满鱼鳞的小片片，世事总很破碎
把真相藏起来

它一直在暗中注视着我们，玄机
又深又凉，像人

湖水已经蓝了

湖水已经蓝了，沿岸
枯枝比划着牛羊骨架，还有落叶、浮草

水至清且至柔，鱼
有了昨夜的模样
苗条的身段富含汁水和细腻
由梦乡抵达水乡

岸与山的影子，一路走了过来
湖心有了涟漪，也有了动

——旅人高高扬起的手胳膊
矮了下来

北方的沉默（外三首）

（北京）王长征

比眼泪还要纯粹的北方
在一个深邃的季节选择沉默
风从眼角划过，变成鞭子
抽打一个个漆黑的夜晚

不知深浅的豆雁
总是忘记欢宴后的落寞
树梢钩伤了一次翅膀
她决定不再向南飞
连同西北的匈奴也隐入密林

心上没有粗狂的风沙
森林也等同荒芜
流泻一地的风吹不再自由
寂寞云朵上的歌喉就是一切

一切的发生都是静静的
淮河汇入黄河向北倒流
不提曾经的欢乐与悲哀

选择沉默就是选择等待
八月的蒲公英凋谢
仍会再次开满大地

汉 广

梦中飘渺的女子
歌声，河水一样饱满
奔驰的白马四蹄翻飞
带走了美丽的树荫
瘦弱的黄昏孤寂成一只鸟儿

月色在河流摊开
燃起白色火焰
朦胧的背影投下温柔的倒影

斧头逡巡于对岸
寻找带着电流的树木
木筏呻吟着划向对岸
浪涛卷去一河叹息

头发披散 如绸如瀑
明天就要披上红盖头
遥远的楚国
在掌心变成一颗湿润的石子

丢下木头，也无法征服浪花
杂草遮住危险的诱惑
放下柴刀呕出一摊相思
染红永远难以到达的南岸

蟋 蟀

春天的绿草将冬天掩埋
等待的人还沉睡在雪花的梦境
河边脚印里想你
捕捉不到白云的气息
风筝都起来了
飞鸟依然沉默

飞光不可等
飞光不可追
想要唱歌就尽快唱
蟋蟀迫不及待登场

马车追不上的良人
患得患失也追不上

旅 客

墙根，烦躁的虫鸣啼破黑夜
床下的拖鞋被苦涩淹没
电话像个孤独的孩子
拿起它 也拿不起故乡
即便悬空 露水也不会进来

小小的房间下起雨
落在床单浇湿一畦麦田
风在草的额头飞奔
捋出湿漉漉的告别

没有亲人的窗台偷偷老去
手中的烟卷恍若尘封的烟囱
倒在时光里的垂柳
在一首沉重的诗里打个哈欠

深山樱桃（组诗）

漫　尘

薄暮中的年轻母亲

暮色中，万物正被逐一归置：
夕阳落山，倦鸟归林，卖菜的阿婆
收拾好摊子，背篓里有她的晚餐

年轻的母亲带着三个孩子
从山坡下来，她微微后仰，减轻背篼里
婴儿的颠簸，双手牵住另外两个少年

颀长的双腿努力撑住坡度，像一棵
挺拔的梨树，又在模仿一头麂子
霞光兜售她俊俏的脸庞

而额头沁出的汗珠，泄露了她的
吃力，因为后仰，她的胸脯那样圆突
有点夸张地起伏，如丘峦在抒情

如此年轻的女性，青春刚刚爬上枝头
我宁愿相信，我所见是种错觉
特希望几个孩子叫她：姐姐，姐姐！

深山樱桃

过瓜果村，翻越车子坝
下到凉水弯，我们在大山深处盘绕

逐渐被大山的美学伦理征服：
峭壁是端庄的，赤水弯是慈柔的
贪嘴的鸟儿尽管欢腾，灰灰菜是谦卑的

……最慷慨的要数满山坡的红樱桃
吃完低枝上的，攀下高枝继续吃
捧满掌心的可以分享，总有一颗显得更红
也总有一个你是节制的：留一些红的
给那些鸟儿吃吧。此时，黑山雀是感恩的
吐满一地的樱桃核是宽容的

樱桃树下，来自不同地域的我们
内心有些缠绵，目光是热烈的
陶醉于生命散发出的亲和气息
山旮旯里，拜访完那户困难家庭
你悄悄地在乌黑的灶台上
放了一把红樱桃，它们的光泽是圣洁的

吊　桥

摇晃在两山的呼应之间
桥下的涧流正蓄谋着江河的
汹涌。此刻，鸟鸣是一种挑逗

河床布满乱石
像一群洪流之后的移民
以极度不规则等待新一场洪流
遣送，远离吊桥视线

站在樟子松木桥面
你需要保持松鼠的机警
嗓子眼，配一顶略夸张的降落伞

于是，你真的渴望山谷
掀起一阵林涛。天地飘摇
万物吐纳，山谷犹如狂野的鼓风机
要从吊桥上将你脱粒

那支寨

空。
水里有鱼但没眼睛
石上有泉可不知去向
山中有风却听不见声响
那支寨，索玛花开遍山野
但见不到阿依莫红彤彤脸庞

我眯眼索看
那房屋上四方雷纹和动植物纹饰
红，是火，可没人围坐火塘
黄，太阳主宰时节，可是外出的男人失去
冷暖感觉，破帽遮颜过闹市
黑，是孕育一切的土地，却经幡招展，
　　土豆忍不住发芽

空。
安详而沉默。相片都还在
家具也还在，檐下晾着成串的童衣
都似乎在静止中等待：一声钟响
“咣”地，弹开时间之门
隐藏已久的寨民，着各色衣裳，
　　从另一个神秘世界
蜂拥而来

坡　度

依次排开，这些进入秋季的苞谷
在清风吹拂下，层层递升
山路盘旋，将它们折叠又打开
沿着山坡上演原生态合唱

雄穗是挺拔的，它们向上取光
而雌穗保持羞怯，低垂绛色发须
它们以族群的规模逐级攀升
不同坡度，演唱不同声部

而就在“之”字形腰部
下来一位老妪，背篓里装满苞谷
经过我的时候，那干瘦眼神
沉着而坚硬，与苞谷同属一族

我继续往上，脚踝承受体重
内部的艰涩，让我想起山羊们
在石灰岩与青纱帐之间
努力寻找那些我愿归属的族群

鸡　鸣

相对于白天大卡车的轰鸣
它的啼叫是低分贝的：
黎明前的情不自已，冷抒情
三音节的循环复沓，似乎在推动
地球旋转

大山醒来，先张开一排起伏的牙
再慢慢吐出那枚红草莓

但是，我知道，它是被关在笼子里
逼仄的环境让它失去时间感
从半夜就开始啼唱
好像在催促鸡公煲的老板
早点将它抹脖、褪毛，开膛、剖肚

天底下竟然有这般作死的：
用乡村的喉咙
唱出由暗到红的
黎明前摇滚

时间节点

两三天的雨夹雪
才换来今日的阳光普照
萎缩的脖子终于打开
听得见颈椎在拔节

是时候离开了。高烧已退
阳光让四肢渐渐有了力气
喷嚏响亮，那是来自黑暗洞穴的
陌生人，在打通身体的隧道

洗干净沾满泥浆的鞋子
把灶台擦得锃亮
把搁置在角落里的筷笼请出来
洗去绿毛，再晒它几个小时

能封存的就封存。石头闪亮

炉烬温暖，白霜似的盐花
收进靛蓝瓷罐，也可随身带一瓶
在离开的日子里解决舌头的寡淡

一切准备停当。山口传来
阵阵汽笛。时间的引擎领会某种
约定，安排一场纷纷扬扬的雪花
——大山沉默而又朴实的浪漫

阳光中骑行

用力往前蹬，我的吉普山地车
每滚动一轮，就更接近坡顶

阳光已然是纤绳，过了坡顶
它就成了我的伞兵绳

此时我像一只弹跳皮皮虾
过了坡顶，我是滑翔的松雀鹰

石头有预设好的起伏
阳光只在乎捕获和网开一面

此时我就在用力顶破光的网
我要好好享受大山预设的起伏

景色很美，乌蒙山难得好天气
山脚下飘来阵阵浓郁的烟火味

自行车轮毂开始轻快吟唱
山泉一路跟随，像群童在撒欢

满　月

这天，恰好停水。水管里发出
类似现代文明的咳嗽
而满身尘垢的我，无比羡慕
那些沐浴在月光下的苞谷们
它们淡定，如同战事间隙集结在
山坡上的士兵，肩扛梭镖
璎珞飘飘。下雨天也这样
大日头也一动不动，队列整齐
守卫背后那剪纸般的山峦

这停水的秋天。沿葡泉大街一路
向西，我的体内涌动哀矜和乙醇
心脏提一盏马灯，从山麓
盘旋而上，看一间间店铺
半掩年代久远的脸，向更悠久的老人
问路，我听不懂他们的话
颗粒感很强，像堆储在仓阁的苞米
闪着金黄光泽，从残破的栅板间
倾斜出来。他们用来洗濯芫荽的山泉
让我产生裸身冲淋的欲望

“你是远地人吧？”市场对面
收发快递的女主像颗黑草莓，而我
赞美她女儿聪明乖巧，从成堆包裹中
迅速捧来我的快件。她们让我如愿
与千里之外的亲人达成心意圆满
她们陌生的笑脸，羞赧而清澈
如月下幽泉，让我安放下孤单和枯涩

天晴一日

在以勒，一日天晴
便是节日

阳光的暖，先从脚底升起
大山也一样
它终于褪去了缠绕多日的
灰白纱巾

西大街。好乐购的营业员
酱紫了一冬的手指
开始泛出玉的光泽

早放学的孩子玩起泥巴
把我自行车的坐垫
涂了厚厚一层
躲上山坡看我干跺脚

季节像链条，齿轮松动了一下
冒热气的石头很矜持
待在原处：肤浅的人类啊
还没到狂欢的时候：一日天晴
这或许是阳光与深寒
经常玩的恶作剧

不要那么着急熄灭炉膛里的炭火

大地欢喜之心

（组诗）

崖丽娟

敦煌纪事

左面狼烟四起，右面歌舞升平
莫高窟壁画的飞天故事
藏匿华夏文明的秘密

黄沙的颜色
往眼睛里灌，往脸上砸
又往心里狠狠地塞

群山如佛，经书里的文字在沉默
仿佛每一粒沙
都拥有诵经的本领

苍茫连着苍茫，荒凉连着荒凉
经卷里留下摩诘踉跄的步履
地老。天荒。生生不息

谁听见驼铃回声，谁找到驼队足迹
残垣断壁旁，痛饮美酒
管它今日是何夕

一路上，默念着，寻觅着
把现实枯草与远古花蕊衔接
谁的忧伤，残阳如血?

克孜尔石窟白鸽

一只白鸽像一枚胸针，蹲伏在
石窟右前襟，白色羽毛
闪耀天然圣洁之光
博物馆穹顶，被千年历史日月光
照拂，黄晕一圈圈
斑斑锈迹风起云涌
仿佛正演绎更朝换代的故事
白鸽两只利爪，跃跃欲试
停留在一块
尚未死亡的汉白玉上
古文明缓缓吐纳
遥远的呼吸

注：克孜尔石窟第114号窟壁画由于各种原因损失近百分之四十，留下的龟兹菱格故事壁画之一“S毗王施肉救白鸽”，精美绝伦。

去西部唱天涯

余生，还想再去一趟西部
走西口、过敦煌、出阳关
沙漠上必有商队
驼铃声声，胜却天籁

数千年前的佛
埋于沙砾的岁月尊者
石窟壁画，庄严华美
抱着雪和月光

在任何一座雪山下，歇歇脚
以大地为被，以天空为帐
远处山脉起伏，头顶群星似灯
绿洲里，沙枣花香

一切都在安然中
大地苍茫，雪莲花静静开放
那一刻，如此渴望
怀抱琵琶，在路上，唱天涯

安阳殷墟考古

甲骨文，被风雨锈蚀成松脆的
皮筋，文明的引力反复拉扯
河南安阳出土的殷墟碎骨
微笑打量土坑外，似曾相识的人脸
认识与不认识，无关紧要

抖落龟甲兽骨身上的黄土
学者们忙于辨识，卜辞和咒符
现代汉语难以破译
青铜刀具刻画骸骨发出的呻吟
嘤嘤私语，上下五千年前

耳际充盈华夏基因的流水声
刀刻的图形，在现代碑帖里复活
昨日的信函，从泥土传递出
神秘而亲切的问候
人们开始集体致敬远古的祖先

西双版纳秋阳

这里树高过天，秋阳
针尖上的天使
欢舞，跳跃，透过树叶
绿色植被上停驻

穿行于西双版纳原始森林
奇花异草浮动暗香
停在山坡上，歇歇脚
一泓小溪，蜿蜒
而下，蛇信子闪亮

夹道两旁青山耸立
沉默不语，像千年卧佛
静观
带着欢喜之心
拾级而上，登光明峰顶

天使光芒指引
凡尘心穿越森林之幽
领略登攀的力量
以及，寂静之魅

偶过国清寺

山谷。涧清。
鸟儿御风而去的轻盈
归息在幽林，如同鱼儿潜入深海
内心渴望在疯长
却又，抽丝般怅惘

时间的暴徒，在密林深处
迷失方向，列维坦油画里的
山谷，溪流正欢快着歌唱
偷香的窃贼，悄悄查访群山
欲望，寂静地死亡

一朵朵白云列队，披上霓裳

耀映着辉光。山崖下，白花盛开
每一阵风刮过都仿佛自由的呐喊
——我，就是我的君王！
山谷回声嘹亮

世事沧桑，毋需读懂冷暖
一声叹息，一点微光，一粒尘埃
在人迹罕至的山谷化作一缕清风
鸟儿，林中鸣叫
侧耳，它飞过了

一声声，苍茫
禅寺的上空飘几朵白云
静寂极了

江南栀子花

夏至，栀子花开
那些转眼即逝的联想
常常，让我掩面
洁白又芬芳

今夜，为你
将心事和盘托出
是疼痛，亦是释放

凉风习习
唯有，栀子花
一点点
袭来暗香

中国古巷（外四首）

曹小航

水墨里
眼光向虚空一掷
夜的阴影嵌进浮雕

半堵城墙
画个门框
给历史留一条退路

背靠明清砖瓦
芦苇苍苍
活出风骨

而我近视
不知真相在做
须臾做新一个朝代
做旧一碗清茶

以黑白钩沉
一方阅历的砚台
用焦墨吆喝

女性之花

呼啸的风
把城市刮得晕头转向

寻找净土安放身心
深吸 缓呼
柔软性别的筋骨
在一块瑜伽垫里旋转

昂首向上 向上
放下武器 不再抵抗
打开手铐、脚镣
投降
从心开始
盘坐如莲盛开
伫立如一株玉兰

挺直脊梁
人字
压下的撕裂和疼痛伸展
瓦解混凝土的砖
男女的囚牢和栅栏

催眠的曲子释放噪音
也吸纳心跳和脑波
玻璃墙变成了湖
一只蜻蜓点水在飞
放空

我回来了
从一方丛林的天空

秋天的半张脸

咖啡热着，门外的流浪者听着歌
他们偷走了声音和撩人夜色
我的秋天也被偷了
那个故事里编出来的寄语
注定风干

你看，香泡树挂着金黄的乳房
引诱我们赊账春天播种
野狐狸走过，掠夺的鸟儿
在啄吃夏天伏地的水稻
那些稻草人在流泪

房顶进贡的人
劝我双手投降，交出心肝和披风
拿去吧，我赤裸如风中的石头
盘旋的河流在你的手掌
被迫的我，也是你们的果实

拿去吧，你已劈开一朵藏匿的祥云
背叛黎明

北戴河的晚秋

喧哗落潮了
一半的店铺关门大吉
老酒馆冒着袅袅热气
商场里的老板娘缠着吆喝
数落将来的冬天

渤海依旧湛蓝，光芒万丈地蓝
突兀的礁石沉默
山楂红艳艳地压弯树枝
苹果垂挂在云朵之下

我看到牛顿的眼泪掉下来

一个人的北戴河晚秋
这里不是故土，也没有乡愁
但我醉眠于爬藤植物的宁静
想起江南百景图的秋菊

让我潜入一只漂流瓶
在辽阔的渤海悠荡秋千
这不是一个人的秋
一座城在等你成熟

关于这个秋天

忍受着敲骨吸髓之痛
缺席一个夏季
封闭在樟树遮天的窗前
直至缓慢溜达的秋天
在吗，或者不在
没有人在乎
咫尺为邻 也是出租的语音

但我闻到了院子里的桂香
摘得一树一树的山楂
他们让我坐着唱和
菩提神话
悟道所有的大树
为什么都从不下跪
百年、千年直插云霄

想起了你叶赛宁

（外一首）

褚建君

今天翻阅旧书，
想起了你，
想起了你叶赛宁，
谢尔盖·亚历山德罗维奇·叶赛宁。
我依稀看见，
在孤寂的乡村，
在无垠的雪野，
一辆三驾马车，
在俄罗斯的古朴的民歌声里，
穿越白桦林。
那是一个时代，
那是一个时代中的另外一个时代，
我看见你叶赛宁，
我看见你在大庭广众热情澎湃地
　　朗诵你的诗歌，
我看见你在街头四处流浪，
你是如此的忧郁，
你迷失在石榴裙底，
你醉倒在莫斯科的酒肆。
那些被你讴歌过的乡村的小径，
长满了青苔，
那些水湾边的鲜嫩的草墩，

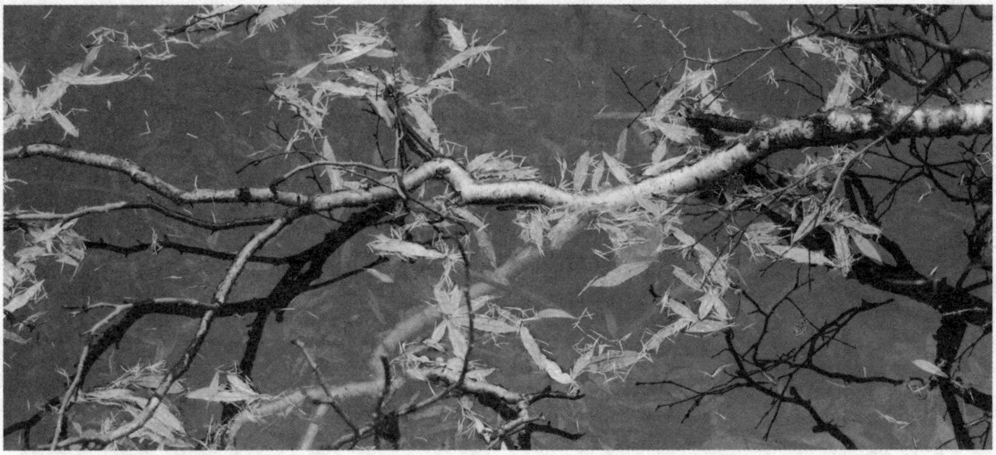

已经变得枯萎，
而茂密的森林里的沼泽，
干涸静如白灰。
是的，今天我想起了你，
想起了你叶赛宁，
你的空旷、自由，乃至萧索，
都曾经是我无尽的宝藏，
都曾经是我不绝的营养，
你的纯真、你的诗情，
永远不再。

冬天的池塘

冬天的池塘，
鱼儿销声匿迹，
青蛙也不知道去了哪里，
只有些许微小的浮萍，
在枯荷的叶柄的森林之间
静止着。
池水沉淀了尘埃，
连同许多不为人知的秘密，
清澈无比。
苍天和苍天的流云，
倒映在这无比的清澈里。
你看见了什么，
又没有看见什么，
都是一种真实。

冬天的池塘睡着了，
懒洋洋的气力都不见分毫；
冬天的池塘似乎是死了，
探测不到一丝微弱的脉搏；
冬天的池塘又是博大精深的，
在它的彻底的坦率里，
在你的直视无碍里，
什么都有，
一切皆无。

岁暮有感（组诗）

成雅明

日　子

撕下
一张张日历
如翻越
一座座岁月的山脊
时间——滴滴答答
 一分、一秒，如期而至
看似紧握手中
稍一松懈，它就溜走
下一刻已悄然来临
看似漫不经心
却又诡异莫测

时而度日如年
时而倏忽飞逝
涌起的向往
沉寂也好激荡也罢
什么可以
什么不可以
你刚想尝试
一切未及展开
暮霭——已悄悄地
与你苍老的身影
重叠一起

许　诺

天渐渐冷了
我却始终无法忘记
曾给过我温暖的——
缕缕阳光

满树的叶片渐渐凋零
曾经的青翠让风吹远
它们不再反射光芒
却让我记住了——
树下的
一抹绿荫

不遗忘
有恩于我的一切
今夜
我要给自己一个许诺
从纷飞的落叶中
抽出闪烁过的诗意
把未来的日子——
一一擦亮

等 待

等待一行字成诗
等待一枝花盛开
等待一弯月变圆

无数次等待
都载满着憧憬
似乎重回
我的青春年华
撑起了
一片又一片
晴朗的天

心

我们的心
曾是江，曾是海
能包容天地万物
什么时候起
却成了一方池水?

暮色加浓
水波任光影摆动
谁踯足在禅的苦涩上?
亵渎了
神秘咒语
奇妙的感应
连接着未知世界——
辽阔的苍茫无边无境

小小的愿望
想必也会海枯石烂
爱与不爱
也许不用誓言
而穿越生死之界的守望
只在乎——
你我依然还有
一腔热血
一汪深情

迷 路

往事 ，不断遗忘
记忆，不断丢失

遗忘或丢失了
谁都——
替代不了
慰藉不了

向左或向右
朝前或朝后
你形单影只
在寂然的世界中
一阵慌乱

感到——
自己越来越像个——
迷路的孩子

幕起幕落

夜
深了、静了
生活中
许多无声的台词
却依然汹涌

真想将它们
抛到时间之外
而最难懂的一页
却扬起了浊浊之声

其实，我们
是在最难懂之处
学会了沟通与相处
即便静默，也要翻过
人的一生总得面对
幕起幕落

追　忆

醒来——
一切都没有发生
一切都已经发生

云，白得浩浩荡荡
树，绿得浩浩荡荡
是不是记得
这漫长的等待中
一次次辗转反侧
那么多人
消失在寒风里
伤痛——
在时间缝隙里
也成了黑夜的一部分

曾经
眷恋着、憧憬着——
让目光平静地
保留着
对世界的最初向往
而现在——
忧虑重重的一瞥
如一道巨大的闪电
让多少人无言地
沉沦于
这巨大的伤痛中
而心的焦虑与迷茫
终究
会成为此生
无法消除的痛
但——
我们依然
奔赴在路上

时间给出的破碎

（组诗）

雨 亭

立 冬

三峰的山道上
晨曦只给林梢摸顶
站在丛林深处
得不到一点阳光照拂
唯整座虞山，以慈悲之怀
收容我，几粒鸟鸣
似彩色落叶，自不远处
飘荡而来
寒鸦嘶鸣，催促着风
和剩下的叶子

秋 天

水杉树的塔尖被晨曦
刻上了锈斑
南福山塘已穿上薄衫
清风微凉，途经永福桥
见一只白鹭
站在枯枝上，俯视河水
一截枯枝能收容一只白鹭
但无法收容我，笨重
而朽迈的身体，我们各自校准
一个位置，安身立命
就像此刻，你在安静中拨弄波澜
我却在波澜中寻找安静

玉 英

割草时
四岁的玉英掉进东浜泾
大山公公倒背了三条田埂
也没将她吞下的苦水
倒出来

中风瘫痪了的她爹
坐在停放玉英的板门边
一会哭，一会笑

暮 晚

一天中最散漫的时光
被河水当做金子，浮在了水面

晚霞，捧着一堆玫瑰
即将丢进暮色的大垃圾桶

秋蝉失语，蓝雪花
在岸边唱着忧伤的歌

一条鱼，跃出湖面
拖走了我的影子

我，忐忑。晃荡。开始进入
深处的夜，找不到路突围

秋天，仿佛已经来了

铡草机轰鸣
大片的草倒下，来不及回忆
曾经的旺盛
已堆放成一座座草垛
如一座座坟茔

草籽圆寂，被鸟鸣
一喊再喊
打碗花绕在石阶，试图
要阻止
整个夏天的去路

凌霄花

……当她失足
摔下一面墙

地面上，血红色的喇叭
替她发出了痛苦的喑哑

雨水是一面镜子
照出了她的破碎——

曾经，她有太多的隐秘
都在攀爬空中的云朵

鲜花与山坡

格桑花，给山坡修剪成
一座花塔

它的基座庞大
塔尖就剩下头顶的那一簇
白色小花

就像被驯服的
野性的爱
退守到最后的阵地

孤独，是我强加给鱼缸的

一条金鱼死了
另一条
在鱼缸里，依然欢畅地摇着尾巴
像什么也没发生

悲伤有过，只是七秒
七秒的生离死别
之后，什么都被水洗得干净

孤独，是我强加给鱼缸的
我又买了一条
投放了进去

清凉寺

清凉寺藏在密林深处
层层草木滤净了风尘

诵经声行走在路上
法会的锣鼓没能
惊动了石阶上的蚂蚁——

长长的队伍
像一根黑色的线
在地上扭动

隐

藏海寺在山顶
低处，有一面宽阔的湖

风很大。我躲进寺里
接一杯水，将蓝色的动荡
轻轻纳入心底

白雀寺

没有香客，没有烟火
殿前，只有两棵银杏披着袈裟

简单到极至

而又从梁大同三年至今
已经历过三建三毁
仪容犹存啊

院内，始终有一口古井
能让我探下头去

那一小块镜片里，有一小块青天
一小块云，白雀一样
带我飞
带我深入到1486年前

给　你

暴雨猛烈而仓促，瀑布般
从空中挂下来
像我们这么多年的努力和隐忍
突然有了一场
酣畅淋漓的宣泄

中年以后，我们依旧
接受时间给出的破碎

你看，被暴雨砸了一地的绒花
依然淡雅芬芳，骨骼清奇
湿漉漉的羽毛翩翩欲飞

可是，我们怀抱在一起的命运
多像这树，有着合欢的名字
又必须独自承受悲伤

路灯低头思考一个问题（组诗）

陈　虞

半夜醒来

半夜醒来
月光孤独的洒在地上
城市正在休眠
我仿佛又变得年轻
望着床上酣睡的妻子
想起四十年前的一个夜晚
我曾拥有过它
也被深深的刺痛

酒　酣

昨晚，和朋友们喝得正酣
说起以往的故事
我想打电话给你
可我明明抓住了你柔软的双手

和向东兄溪边喝茶

我们在溪水边喝茶聊天
谈到虞山诗派
我突然像一只鸟飞了起来

一棵古老的枫杨树
它碧绿的花序
像垂在空中的供品

宴　会

热闹的宴会大厅
暖色的灯光烘托出欢快的气氛
阿玛尼和夏奈尔
他们屏住呼吸

一个人轻盈地走过
正是一杯酒下肚的时候
那仿佛是鸟儿的声音
揪住了我的耳朵

大　巴

路灯低头思考一个问题
多像一个苦行者
永无答案
大巴在拐弯处停下
车上的人昏昏欲睡
我听到秋虫在草丛中歌唱

在这个早晨

在这个早晨
有人像一片云一样
从这个世界消失
蒸腾的水气
哭泣着奔向大地

深秋的树林穿上了盛装
叶子在寒风中跳响
最后一曲
它们集体向大地鞠躬

像是昨夜的皮影戏（组诗）

铁 舞

太 极

屋顶大晒台上　美极了
一条龙凤百子的被面晾在长绳上

那人背着太阳打太极
影子落在被面上　像是昨夜的皮影戏

早春，在水池边吹奏萨克斯的大米先生

为什么水面平静得像一面镜子?
大米先生戴着一顶白色礼帽
大脑里收罗了一个春天的鸟鸣
从萨克斯铜管里弯弯曲曲地吹出。为什么
水面平静得像一面镜子，寂寞啊!
怎么才能吹皱这一池春水?

千岛湖

大概都是圣人的化身
对大地情深似海的泪水变成了湖

窗

网上读到一张照片，上题：基辅的一位学者，用书本挡住窗户，可避免流弹打进家里。

——手记

世界 战火在你的怀里燃烧
我用书本挡住窗户　避免
流弹打进家里　呵 世界
你以此种样式向我敞开、亮相
假如我不能随你上手 那就
请窗前的一棵树证明 它先在于我
我的窗一直是巡视世界的眼睛

公园门口一位父亲

他好像在意念的云雾里拆装一辆卡丁车，
他又似在颠倒着一种精致的语言配置；
五岁的儿子和年轻的妻子美好地
　如两棵幸福的树站在一旁看着。
这一切，吸引和暗示着我的一份伤逝：
　这里也曾有一位父亲拆装过一辆
　红色小火车，轰隆隆，轰隆隆……
　唉，那年代，我还小。

全身的树桩、野花和毛发似的草，

　全都哭向嘉陵江

呵，一座山向一座山奔来

心尖上，千里之外，今夜，重庆在敲我心门

呵，火！火！火！

陶　泥

任你像面团一样揉、捏、压、搓，

还可以拉、扭、撕，

无限的灵性，恰逢有灵性的手，

——意愿对意愿——

才变成了：罐是罐，钵是钵，花是花，佛是佛

山　火

我是一座山　老天！是你放的野火吗？

我滚滚滚烫的山脊上呵，翻滚着一排排

　汹涌的火浪

斗火的龙阵起伏腾挪在风声里、人声里，

　还有摩托群的呼啸

一个人的诗歌史

一开始我写的是无字诗

一个筑路工扛着铁镐在中学校门口走过

我获得一个姿势

后来我成了一名筑路工

用一柄小小的鹤脚锄

敲筑一块块不规则石头

师傅教会了我如何组合石块对称的美学

（今天你走在老街上能欣赏到这种工艺）

这直接影响了我后来在纸上搬弄汉字的石块

师傅是头手

我是二手

我在写诗的时候

听到的是鹤脚锄和石块撞击的声音

我写诗

从不忘记从前的劳动

绝句艺寻

吴欢章

一、语不惊人死不休

绝句因为篇幅简短，所以语言务求精练。诗的语言须处理好大小、深浅、正侧、直曲、虚实、明暗诸种关系，方能炼成精锐的一击。很多诗人在绝句创作中都在炼句上下了很大功夫，真可谓“语不惊人死不休”。

炼句不是囿于语言形式本身，单纯追求字面的漂亮，形象的生动，它实际上是诗意内容和语言形式交相融合的提炼过程。

炼句首先是炼情，就是力求把诗中的感情表现得生动感人，使读者过目不忘。在炼情方面，绝句诗人作了两方面的努力。一是力求把诗中的感情表现得新颖别致，不同寻常，以吸引读者的眼球。像王昌龄的《芙蓉楼送辛渐》：“寒雨连江夜入吴，平明送客楚山孤。洛阳亲友如相问，一片冰心在玉壶。”被贬为江宁丞的王昌龄如何向洛阳亲友表白自己的心迹呢？诗人巧妙地用了一个叠加的比喻“冰心在玉壶”，就鲜明地显示了自己高洁晶莹的精神秘密。又如杜牧的《赠别》：“多情却似总无情，惟觉樽前笑不成。蜡烛有心还惜别，替人垂泪到天明。”挚友别离，难舍难分，本是人之常情，此诗后两句却将蜡烛拟人化，变无情为有情：“替人垂泪到天明”，别具一格地表现了诗人恋恋不舍的友情。这样的诗句，往往令人耳目一新，久记于心。绝句诗人在炼句方面另一种努力，就是尽量把诗中感情表现得强烈突出，以震撼读者的心灵。有些诗是用反差极大的对比句法，造成强烈动人的效果。例如陈陶的《陇西行》中的诗句：“可怜无定河边骨，犹是春闺梦里人”。征夫怨妇，生离死别。已成白骨，梦里犹生，用惊心动魄的对照，突出了悲天悯人之情。又如李绅的《悯农诗》中的诗句：“四海无闲田，农夫犹饿死！”天下田地都有农民在忙碌，但农民仍然难免饿死，这是多大的不合理！这样的诗句，真如重锤猛击读者的心田。为了形成强烈动人的效果，有些诗则采用了浪漫主义的夸张句法，比如柳宗元的《与浩初上人同看山寄京华亲故》：“海畔尖山似剑铓，秋来处处割愁肠。若为化得身千亿，散上峰头望故乡。”被贬在柳州的柳宗元，海畔尖山挡住望乡之眼，似剑割肠，恨不得化身千亿，遍上山头望尽故乡，这极其夸张的句法把诗人的思乡之炽表现得淋漓尽致，摇撼心旌。

炼句也是炼境。诗以境界为上，诗歌语言只有营造出深邃高远的意境，才能给读者提供广阔的想象空间，令人咀嚼再三，味之不尽。下列诸诗的后一联，之所以成为千古名句，就是因为创造了情景交融或情理交融的深广境界。李白的《黄鹤楼送孟浩然之广陵》：“故人西辞黄鹤楼，烟花三月下扬州。孤帆远影碧空尽，唯见长江天际流。”后一联采取了“由有到无”的句式结构：第三句是“有”，远望故人渐行渐远；第四句是“无”，故人已去，怅望长江奔流。在这里，从“有”到“无”，就是从有限到无限，极其深切地抒发了李白对孟浩然的缠绵不尽之情。孟浩然的《宿建德江》：“移舟泊烟渚，日暮客愁新。野旷天低树，江清月近人。”后一联采取了“由远而近”的句式结构：远望野旷寂寥，近观江清月近，这样把诗的触须由浅入深地抵达诗人的心灵，由与自然的亲近反射出生活的寂寞以及对生活和谐的想望。李益的《夜上受降城闻笛》：“回乐峰前沙似雪，受降城外月如霜。不知何处吹芦管，一夜征人尽望乡。”这后一联乃采取“由实入虚”的句法结构：耳闻笛声是“实”，征人望乡是“虚”，“不知何处”，凄清之氛围，溢于言表，“一夜尽望”，万卒归心，不言而喻，两句诗写尽征戎之苦，思乡之殷，画出了一幅超越时空的征夫乡愁图。

炼句说到底就是炼人，炼出诗人的至情至性方为上策。

二、直拙而奇崛

诗如看山不喜平。尤其对于篇幅短小的绝句来说，结构布局须要婉转多姿，遣词用字务求精简。但是凡事都有特例，也有些绝句却是径情直遂，重词叠字，倒也别具一格，熠熠生辉。

唐代与贾岛齐名的姚合，写过这样一首诗：“我住浙江西，君去浙江东。日月心来往，不畏浙江风。”（《送薛二十三郎中赴婺州》）四句之中重复了三个“浙江”，但没有引起读者的厌烦，这是为什么呢？我们可以看到，首二句中的两个“浙江”因方位不同而对照出诗人和友人身距的遥远，后二句中却因不畏“浙江风”而对照出两人心距的邻近，不难发现三次重复的“浙江”都在几个对照中起着关键词的作用。再从全诗来看，前二句与后二句的对照则突出了身远而心近的深厚友谊，这样诗就显得错综而多变，词叠而意深。

还有一首绝句，是唐代无名氏的作品，

写得也很特别："君生我未生，我生君已老。君恨我生迟，我恨君生早。"短短二十个字，"君"重复四次，"我"重复四次，"生"重复五次，"恨"重复两次，二十个字重复十五个字，读来也不令人反感，倒觉得别有情趣，这又是为何？请注意：这首诗句句是矛盾，每句内部结构构成矛盾，各句之间构成矛盾，通篇矛盾的结构，淋漓尽致地抒写了忘年之恋和忘年之情那种年岁不相当而又难舍难分的复杂情感。诸多重字并未造成一览无余，反而构成别具趣味的障碍赛跑，让读者一吟三叹。

洞庭湖畔的岳阳楼，声名远扬，唐宋以来，不知有多少诗人从各种角度用各种方法加以讴歌，看来后人再出新颇为困难，然而明代魏见贞有一首绝句，却不落前人窠臼，出奇制胜而放一异彩。诗是这样写的："洞庭天下水，岳阳天下楼。谁为天下士，饮酒楼上头。"该诗三次重复"天下"一语，前两个不仅歌赞了洞庭水和岳阳楼名满天下和属于天下，更是铺垫和引出后两句心怀"天下"的士人，指出只有他们才适宜在天下楼头观赏豪饮。不难看出，三个"天下"内藏机，明褒暗赞，寓意深远。

宋代女词人李清照，多愁善感，缠绵悱恻，作品以婉转著称，但她这些词，朴直豪壮，让读者出乎意料，耳目一新。譬如《乌江》："生当作人杰，死亦为鬼雄。至今思项羽，不肯过江东。"诗写得开门见山，直接了当。前两句发议论，后两句出意象，以项羽兵败宁愿牺牲而不肯过江东的典型事例来印证"生当作人杰，死亦为鬼雄"的理念。此诗浓涂重抹，直言无讳，但又虚实结合，含义深邃，犹如战鼓重锤而余音不绝。

在婉而多姿的诗歌园地里，直拙质朴的写法似乎是一种异数，然而正是这种与众不同，才构成了一种美的要素。从美学来说，变化是美的一个条件，"万紫千红总是春"，大地老是或只有一种颜色的花朵，就会叫人索然无味了。不过，诗的变化须和创造相连。直拙质朴的写法，不是平铺直叙，不是随意堆砌，不是率性而为，它仍然是一种新的创造，是与其他写法不同却规律相通的创造。我们从前举诸诗中，便可以看到这种创新的努力。第一，它们都是直抒感情，但又视角多变，布局多变。像姚合的诗利用不断的对照而顾盼生姿，就显得单纯而不单调。第二，利用重字重词导致宛转缠绵，移步换形。譬如唐代无名氏的绝句，就是用字词的重复，造成连绵不断的矛盾，一步步把读者的眼光引向描写对象的心灵深处，第三，出语直率，醍醐灌顶，又精构思，重立意，内蕴丰厚，余韵悠长。魏允贞用三个"天下"唤出心怀天下的豪情，即为此之明证。用语可曲直，但均须有新创之意，其道则一。由此可见，直拙奇崛之诗不是倦勤的懈怠，而是革新的努力。俗话说：弄巧成拙；诗人的回答则是："弄拙成巧"。

于多样性中求道合

——谈《华亭诗选（2015-2023）》的诗性建构

王　云

今年五月，上海松江的华亭诗社推出了《华亭诗选（2015-2023）》（以下简称《华》集）。这是华亭诗社推出的第二本诗社成员作品汇编，距离首本的诞生，已经过去了十年。

作为一个已经存续十五年之久、具有相当影响力的本地诗歌社团，根据徐俊国先生的《梦游与散步——华亭诗歌群落研究》一文，华亭诗社“并不是一个诗歌流派”，而是一个“相对稳定的诗歌团体”，成员之间“只倾心于完成与各自独特的生命密码相吻合的诗学任务”，“并无共同的诗学主张和风格类型的内在诉求”。徐俊国先生是华亭诗社的元老和中坚力量，以上所引他的这些陈述是诚恳的。我们也没有在任何时候、任何场合看到华亭诗社提出过明确的宗旨或口号，或趋赶眼下大势，敷演出一套理论。此间的诗人们只是笃定地各自坚持着关于“写”的实践。这种各自退一步保留空间的态度，于写作实际是有利的。因为写作归根结底是私密的事，诗歌写作更甚。

不过，一个诗歌团体能够稳定地存在这么多年，并始终保持活力，我想其中隐形的精神内核即使从未宣发，亦必定存在。因为群团的活动于根本上是人的活动，一个社团中的成员如果彼此在精神节奏上四分五裂，想必这个群体早已难以维系。

瑞恰慈的观点认为：多数诗歌都间接地表现了某个特定的说话人，从而非常自然地表现了特定的情境。也就是说，诗歌是代作者发声的。据此，我们也可以认为：诗集存在的意义之一是代群体发声。从作者和作品两个角度考察这本集子，都可发现它为华亭诗社发出的一些无声的呼喊：这是一个成员之间存在相似诗歌趣味的社团，形散而神凝；这是一本在内核上高度统一的诗集，整体风格轻盈冲淡，但由于作者本身的特质各不相同，又呈现出丰赡的表现形式。

出身的多元性

本集共收录了 41 位诗人的作品。值得予以关注的是，这批作者的出身基本可以一切为二：异乡出身和上海本地出身。以“进城诗人”陈仓打头，我们看到这些作者来自江西、四川、贵州、安徽、新疆、江苏等各省份，占去41位作者中近半的份额。像所有在急速城市化进程中经历生存空间迁徙的人一样，这些诗人不可避免地在自己的生命中遭遇“城与乡”的精神碰撞，进而反映到作品中。

现代人的城市与原乡在表面上呈现出越来越同质化的状态，人与人的地理距离虽然可以被大大缩短，但一个人如果从寄寓肉身的都市回到面貌几无差别内里却天翻地覆的原乡，乡愁的隐痛可能会更加强烈。

安徽诗人李潇写到：“我已身处25年后异乡城市/多年没动的记忆竟然如此鲜活/谁在深夜唤醒我/为什么唤醒我 惊醒后的我又认真归了一下因/刚才我写到过故乡、童年和乡村小学/这一类词语，还三次写到母亲、老屋（《我被词语从深夜唤醒》）”集中相当一部分作品都在抒发着“抚怀追昔”的深层情绪。只不过有所不同的是，这种书写体现在外地诗人的作品中，多了一份遮蔽在文字暗处的撕裂。

山东诗人王景奎，80后。他的作品在这部诗集中风格较为不群。可以说，他是在一部整体风格冲淡的集作中，独自往一旁大迈了一步，跨进了乡土诗队伍。就文学层面的意义而言，冲淡的风格当归于田园一路，田园与乡土有血缘关系，然而是完全独立的两个个体。《棍棒哲学》中写到：“被贫困敲击的父辈们/喜欢用棍子说话/胜过用嘴巴/血糊住整个牛眼/也糊住了我童年的阴影”。以及《二郎腿的心事》：“牛犊子的瘪肚子瘦得像块盐碱地”“右脚面又钻出一根疼痛的秧苗/黄牛蹄埋下的种子/王三儿出殡的那天/被踩进黄土地的哭声/漫山遍野滋长出来”。这样偏于直辣的文字风格，与诗集整体的冲淡形成鲜明对照。

与外乡诗人的作品相比，作为松江本地诗人代表的王民胜，他笔下的城乡碰撞，落笔视角有异于集中主流的错位。当松江是外乡诗人回望原乡的立足点时，王民胜的《回音》一诗，却是站在黄土高坡想见江南，然后“正在把坠入江湖的身躯/零零碎碎地打捞上岸/正在将窒息在城市的魂灵/一点一点地/拽回”。

费正清曾提出：“城乡的划分一直是中国现代文学史的重要特点”，这种划分也对我们眼前这本诗集作品的风格呈现产生了重要影响。由出生地点带来了天然的切割——以松江为原点，看向的是他乡，还是并无他乡可看？并无他乡可看的本地诗人，因此会选择将回望的目光由向空间转向时间。可以参看上海诗人张萌的作品：“扶手上/桐油已泛黄/斑驳/一如我/对父亲的回忆——/一半重返黑白色童年/一半潮湿了整个下午（《立夏记》）”少了撕裂和含而不发的躁动，在写作视角上只有时间的远近，没有地理空间上的转换，诗歌的氛围是冲淡的、安静的。

写作的在地性

《华》集的作者共有一个身份，他们几乎无一例外眼下都是“现行松江人”——在松江定居，在松江写诗、参与诗社活动。因此，华亭诗社就与眼下一些借虚拟空间维系主要活动的诗群显出不同：诗社存在的本身就具有强烈的在地性。

诗人们在松江落脚，融入松江的生活，在松江生活经验中择选加工，成为可抒发的诗情。而那些主动或被动抛在背后的“原乡经验”，在他们进入新生活之后潜伏在暗处，不断打磨着诗人的价值判断，促生新与旧之间的反复较量，等待每一个合适的时机激活，成为写作的原动力。松江的城市气质和个人的写作相与砥砺的结果，是由“松江人”的现有身份所赋予的在地性。既呈现在诗歌中，也呈现在诗集中。

所以在这本诗集中能看到对过往生活或者原乡经验的怀念，却很难看到渴望被新家园认同接纳的呼喊，看不到对新生活的不适应，看不到所谓的“走出了乡村，走不进城市（叶赛宁语）”。能看到的是外乡人对松江自然风光的赞美。

松江拥有全上海的海拔据高点（尽管我一度认为这是一件非常噱的事——登这座“山”只需要不疾不徐走十五分钟就能达到一块正经八百錾着“佘山之巅”四个字的石刻），不能否认，就自然风貌而言，佘山一带是上海地理环境中难得的一曲天然牧歌。从贵州人变成松江人的何居华这样写它：“佘山黎明时分 / 大地 / 硕大的叶子上 / 一颗 / 滚动的露珠 / 天文台 / 天主教堂 / 斜塔……都在盈盈波光中 / 折射 / 自己的身影 / 一群游客 / 不知不觉成了湖边风景（《读月湖》）”

看到城与人之间互相影响之后，人亦如城一样，静美而又不失都市气度的气韵呈现在笔下——洪胜明的目光落在松江远离自然风光的另一角：“斑驳的水泥地 / 一只犬张望着 / 过道边，那朵是新年的梅花……杨府美术馆的屋檐下 / 盆栽都尽显风骨 / 院里的那株梅花越显生机 / 主人轻轻唤起那只交煤球的犬”（《那朵梅花开在车墩文化小镇》），车墩镇可能是整个松江最嘈杂的区块之一，但作者在人员流动频繁的小镇上抓住了一个定格，文字充满感情，充满美。感情和美，都在异常真实的在地生活中，而不是游客匆匆一瞥之后因激情而发的只言片语。

趣味的趋一性

读《华》集可以看出较为鲜明的编纂考量，也有作为一个团体的华亭诗社成员在趣味上的趋一性，尽管他们并无“明确的组团宗旨”，却昭示着“无声胜有声”的趣味主张。

这部集子最终呈现出的气质和我印象中的松江是符合的，作为一个特大都市已经历了充分城市化改造之后的边圈，松江很难呈现出完全乡土的一面，可是相较于永远嘈杂紧张的市区，它的状态又能在驰展和过速运转的都会节奏之间抓得到平衡。

佛教素材反复出现在集中诗人笔下，尤以佛寺居多：“日升或日落时分渡海而来／是心头结了伽罗的人／拂去俗世风尘／踏出／晨钟暮鼓的梵音（胡震：《普济寺》）”“灌顶寺的钟声／被蜿蜒的石阶扶起／岸边空置的藤椅／坐着时间苍老的分身”（无霜：《又去了一次老街》）

另一些诗人如夏午、子薇、西厍、谌贵芳、夏青等，他们的写作取材天然，焦点在植物、山水鱼鸟等：“雨后的小泖港堤岸上／扳罾者近乎古人……仿佛来自一卷／宋山水／他轻手轻脚／起网／又轻手轻脚下网／黄昏与河水反反复复”（西厍：《扳罾者》）“柳树被风吹得过于潦草／细柳在冰面上学写字……一只落单的小白鹭／在河边照镜子”（夏青：《落单的白翎鸶》）专注于天地大美，物我交融之后的尚有内省：“远处是山水／近处是苍生／在我的近处／山水近了／苍生远了／……我／早已忘记了／我是谁（谌贵芳：《我的山水》）”在纯净的诗风中包裹着思辨，让人想起王维。

集中作品没有中国人潜意识里最看重的“史诗”架构，也有效避开了现代诗歌写作中的一路——我将之总结为“声洪韵少”，即是以山呼海啸式、或剑走偏锋的文字表现形式夺人耳目，内里却做不到有效地抓牢读者。如果以古典诗歌的术语来做论断的话，这部诗集在整体上偏向田园诗一路。所谓的“田园”，指的是这些作品都质地轻盈，关注细节和心灵的细微感受，并且具备思辨的内核，因而虽则文字冲淡，却不会失于轻浮。

文字的丰赡性

尽管本次收入《华》集的诗作于简约冲淡的内核上达成了一致，但是集之妙好处，更在于作者的文字风格并不同质化，因而呈出十足丰赡的阅读性。从徐俊国先生的文中可知，“华亭诗社成员中有打工妹、文化干部、家有豪宅、养鱼万条的股神哥，一家三口挤在十平方出租屋的外乡人、围棋高手、村官、公务员、名师、党政干部、企业高管……”这些作者带来了天南海北的人生阅历，全然不同的经验结构，反映到各自的诗歌写作中。

陈仓的诗在这本集子中尤显老厉，或许与作者“几度进城”、碰撞程度最猛烈的人生经历有关。但是这种鲜亮的底色被覆盖在克制的行文之下。诗人的人生经历了几番兜转之后，文字里看不到被城市异化的现象，也没有为刻意追求乡土而制造泥沙俱下的文字。只是认认真真冷冷静静地抒发着一些强烈的情绪。“……其实／城里人不知道／每一堵水泥浇筑的墙／都是石头的骨灰盒亡魂／他们的家小就安置其中（《城里的石头》）”以及篇幅并不特长，素材选取也没有标新立异的《病床上的父亲》，只写了父亲在昏谵中无意识的几次伸手，是“摘扁豆”是“拾柴”是“淘米”是“拔草”，寥寥数句，文字克制，却是作者在给一个父亲的一生画句号，用笔调的冷静营造出震耳欲聋的效果。

诗人王迎高，退休前的本职工作是松江电器厂工人。我在读他的诗作时，十分有兴趣地观察到，职业对他的诗歌写作显然有无声的浸染。在名为《国家宝藏》的组诗中，除了首篇写的是植物，余下六首，诗人将目光全部投向了一些既高度精密又需要人文素养去欣赏的物件：金面具、微缩的明式家具、三星堆青铜神树。“洒落的木屑小如尘埃 / 卷翘的刨花薄似云衣 / 榫卯仿佛是生活的挤、钻、合成一体与不散架 / 楔是愿意、拥有和圆润，是云头六脚木盆架的手艺。（《微缩明式家具》）”

把日行万里 / 通晓四夷注入铜的体温 / 把勾云纹和镂空花纹装饰出铜的关节 / 把威严、肃穆和剽悍浇铸成铜的宁为玉碎。（《青铜神探》）作为机器厂工人所携带的工科思维、对细节的高度关注、对器物的熟稔，与作为诗人一面的人文气质相遇，融合得恰到好处。

90 后诗人徐小冰在本集中贡献了五首诗，个人风格突出。以《生日歌——致 J》一篇为例，几乎每一诗行都会出现两种甚至以上的意象，意象大量叠用，彼此在诗句中互相咬合。意象是隐喻最大的功臣，一个意象背后就可以让作者藏许多内容和情绪，最终达成的功效是将作者的内在思维转变为具像的诗性画面。这一切使得徐小冰的诗显出高度朦胧隐喻的特质。对于惯熟使用隐喻的诗人来说，隐喻既是表现手法、是隐匿一个具像，避免过于直白的表达从而创造诗意的道具、更是他们自己的诗性指代。即使是记录“南汇东滩推苇工程”这样的叙事题材也不例外：芦苇和羽毛 / 在滚刀里疯狂地互换身体 / 候鸟合上羽毛 / 封锁 / 南方的消息 / ……谁在用肉体埋葬洞彻的眼睛……一只覆巢一只眼”（《一只覆巢一只眼——记南汇东滩推苇工程》）与诗集中较为年长的作者相比，这位年轻诗人的诗技在更加个性化的表达中自由生发。

结 语

写诗和读诗的人都必须诚实面对的一个现实是：中国早已经从上世纪 80 年代狂热的诗歌潮中冷却下来。但是，诗歌是否已经真的边缘化，甚至眼下这种冷却于新诗的发展是否真的不利，在我想法中，都值得抛开主流看法再加思考。

诗界从未停止过静水深流。像一碗不动声色的鸡汤（这个比喻也许不太雅观），拨开冷静的表面，底层依然滚烫。因为诗歌的忠实信徒从未消失过，依然有一群人执着地在这块田地上耕耘体现在《华》集中的精神内核，未必是华亭诗社成员的刻意追求，更未必因为这些天然存在的统一性将他们有所捆缚，但一定是这个诗歌社团稳定、高质量发展的最坚实内在动力。庄子云：“万物有成理而不说”，我愿将之理解为事物存在必有的内部规律。

与外滩不外，和故乡如故

——语伞散文诗集《外滩手记》读札

王　垄

作为一个有着30多年散文诗写作经历的文字爱好者，笔者对当代散文诗创作的留心和关注是持之以恒的。在群星璀璨的中国散文诗界，现居上海的青年诗人语伞可以说是最能引起我注意的一位。她的散文诗作品始终是我的喜欢甚或偏爱之一，出门旅游或出差在外，随身携带的书籍中必有一册语伞的散文诗集，这是我多年的习惯，从未改变。从她早年的《假如庄子重返人间》到后来的《外滩手记》，这两本薄薄的文集几乎被我翻烂了，许多章节甚至到了能倒背如流的程度，但我依然保持尚未读够、读透的新鲜感。特别是这本《外滩手记》简直成了我随行的"口袋书"、"枕边书"，每每读来都会有新的发现、新的启迪、新的顿悟。作为外滩上的一名"外来者"、"漂泊者"，语伞在逐步融入并爱上这片繁华空间、矢志扎根这座城市的同时，从未忘记远在四川的那一片热土，并努力以散文诗的形式"寻找我们灵魂的故乡"，正如她写下的"永远挤不走的，是故乡的身影"。在故乡面前，一切的繁华都轻薄如烟。这是我读了《外滩手记》后最想说的话，也是语伞的散文诗给我印象最深的一点。

与语伞的相识是在2009年秋天上海的一次诗歌颁奖活动中。第一次认得她的人、读到她的散文诗，便觉得她有诸多的与众不同，恰似我那特立独行的个性一样。这不光是她的笔名比较特别，更有那如玉的品性和爱好，让人不禁击节赞赏。譬如她对紫色的喜爱近乎偏执和狂热，譬如她在散文诗写作中表现出来的探索与创新的精神，譬如她对人间真情厚谊的理解和珍惜……无不使之充满神奇的魅力。多年以后，在上海松江佘山举办的一次诗会上，我和语伞再度相遇，获赠了她的新书《外滩手记》，并为她的才情、执着以及骄人的成绩而感佩良多。我想，被语伞自称为“爱着的秘密”的散文诗，在语伞的文学世界和精神领域均已放射璀璨夺目的“灵魂的光芒”，她甚至已然成为新时期散文诗队伍中年轻的翘楚、“我们”散文诗群里中坚。这些年全国性顶尖的散文诗活动几乎从不缺少语伞的身影，由她参与主持、编纂的散文诗专辑、特刊、典籍、史料等，为散文诗的传播、存史作出了不容小觑也不可磨灭的贡献。

语伞说，她的写作有一个“秘密空间”，这个空间“很长一段时间被外滩占据、充满”，她欲用全部的才华与真情，为所居的城市弹奏，筑建另一座精神之城、理想之城，于是便有了这本《外滩手记》。用散文诗的手法为世界著名的外滩“作传”，这是现代都市诗写作的创举，更是提供了散文诗摹写的范例，可见语伞有着非凡的胆略和勇气。移居上海二十余年，从“渡客”到“怀抱新上海的户籍”，语伞始终没在“光的磁场”中迷路。尽管她觉得“故乡，越来越像一个谜语”，“她在稠密的星座里彷徨”，却从未“丢失了辨认世界的能力”。多年来，语伞在外滩光怪陆离的意象里找到了栖居生活的寄托，也在令人眼花缭乱、日益变得浮躁的现实场景里，提炼出美学与哲学交融的诗意，充满历史的沧桑和现实的思辨的味道。可以说，外滩不仅仅是上海的外滩，还是所有爱它的人们心灵的领地。这里的空间是外在的“异乡里的故乡”，这里的时间是潜在的“乐园中的家园”。与外滩不外、和故乡如故，堪称语伞在《外滩手记》内传递出来的使命感和责任心，值得反复品味，仔细研究。

语伞的散文诗多以专题、系列的形式呈现，如她的“庄子”系列、“青花瓷”系列、“冷兵器”系列等等，而“外滩”系列毋庸置疑是这些主题“集装箱”中最为厚重、大气、深沉的一组，想必诗人本人也是对其“敝帚自珍”、爱不释手，要不怎么会有这样一部《外滩手记》散文诗专集呢？而从语伞近几年创作的新作品来看，关于外滩或者叫“城市的曲谱”的写作在语伞散文诗创作中所占的比重已经超过了其他系列。在我看来，语伞的散文诗作品并不过多刻意地 关注或表现日常的、小我的东西，而是努力以散文诗特有的手法和笔触揭示蕴藏于现实之中的内在、生命与哲学的世界。这些，从语伞的作品诸如《外滩，或者光》、《外滩，或者路》、《外滩，或者悬崖》等标题便可窥一斑而见全貌……除此之外，语伞在一系列新作中以漫游者的身份穿梭其中，为楼群、步行街、博物馆、音乐厅、美术馆、电影院、图书馆、钟楼、医院、塔、雕像、路灯等等意象量身定做“诗人”眼中的不一样的“风景”，充满了历史感与现实感，有着深刻而无与伦比的生存感悟、生命体验。就某种程度、角度而言，以散文诗的形式表现“外滩”，已经成为语伞向故乡或者异乡虔诚致敬的重要方式。尽管“故乡已是异乡”、“异乡俨然故乡”，但语伞却始终在坚定不移地“仰望星空，捕捉乡愁与相思的共鸣”。诚如她在诗作《每条路都能找到自己的亲戚》中所说：“怎样缓解黄浦江与一位异乡人的关系？黄金上挂满了荒草。高楼头顶雾水。”又如她的诗句“谁也不知道我们将继续谈论什么。‘天真构成了所有人的名字。’”这里有对生存异乡的追问，也有对生命故乡的坚守，仿佛诗人并非在歌咏乡愁，而是情不自禁地被乡愁所歌咏。一贯注重在时空里“修炼”的语伞，把“外滩”当作自我创作的语境，她并非一位启蒙者，只是把最切身、最体己的感情渗透在散文诗的字里行间，让那些同属于广义故乡上的那些词汇、意象和符号，丰盈而执着地存在，暖和又诗意地展现。语伞从外滩出发，又以一双别致的慧眼打量、审视“外滩”。于是，一切的清苦包含温情，一切的远离皆成善意。此刻的城市或者故土、外滩或者家园，已或然不是单纯的空间、环境，而是灵魂所在、文化根系。

语伞有这样两句诗：“世界上只有两种人：到过外滩的人和没到过外滩的人”，我不揣冒昧地硬性模仿一下：“世界上只有两种人：死在故乡的人和没死在故乡的人”。作家米兰·昆德拉在《生活在别处》描绘了一个“生活在别处”的年轻诗人充满激情而又迅捷幻灭的一生，而我更喜欢作为“自然之子”薇拉·凯瑟笔下所歌唱的“生活在这里，死在这里”的生活观、生态观。内心敏感细腻、观察深刻入微、语言灵动跳跃、意境空灵唯美……这是语伞其人其文给我及“伞迷们”的总体感觉，这样的语伞让我最感震撼的是她始终确信“肉体面前是一个醒着的场景，灵魂深处有一个酣睡的故乡”。为了唤醒第一、第二甚至第N个故乡，语伞想方设法“缓解黄浦江与一位异乡人的关系”，竭尽所能做一个“细读自己的人”，并“翻遍口袋找寻钥匙”，“从一勺月光舀起旧故乡”，“请日月收藏好这些珍贵的灰烬，让它们最先在我的坟头散发陈香”。逐步融入以“外滩”为表象及内核之大都市的语伞，曾经也像一位“猎奇者，从浪潮涌动的人海里逃上岸”，但她在旁观“外滩”万千流变的同时，更喜欢不遗余力地参与大上海的独特生活，且以此构建心灵之上的另一个“故园”，并以喜爱的散文诗这种文体为自己的作品打上了极具个性的标签。我们可不可以这样以为，语伞笔下的“外滩”景致是自身衣胞之地在大都市呈现的一种“海市蜃楼”。当她借散文诗衣锦还乡的时候，她既是故乡的一部分，又是异乡的一分子。这样的写作，既是回归肉体故土的过程，更是新建精神家园的尝试。为此，语伞还“按照常规”，“用手中的拐杖击地：记事遗嘱，立即生效”。如此荒诞不经的诗句却是超凡脱俗、字字珠玑，凸现她对故乡之爱已深入骨髓，读着让人荡气回肠。

“没到过外滩的人，背上都曾有过翅膀。到过外滩的人，都背负着一对瘫软的桨，一如达利画笔下，垂挂于树枝上的时间”、“多年以后，我亲手割断的风筝，还能不能找到故乡的软肋”、“用最新的修辞去形容青草、鸟鸣和小花朵……这里的万物都是我的亲人了”……语伞版“外滩”的横空出世，让新世纪散文诗的创作有了新气象，也有了更多更新的可能。一部《外滩手记》值得赏析的地方还有许多，譬如形制的精悍、诗句的留白、修辞的别致、哲思的深邃等等。我单从“与外滩不外、和故乡如故”这一点 出发加以浅读，显然有挂一漏万的嫌疑，如此只是表明我的偏爱，或者说成是另一种“偏见”。我相信，对生命、社会、人生有无比深刻体验的语伞，不仅在“坠入上海繁华的曲谱”时“看清自己作为符号的样子”，还用“背上都曾有过翅膀”，穿越时空隧道，飞回到故乡及精神的本真境地，创造更美的文本天空，并不断“告诫自己，我不能再成为母亲诗中的病句”，而要永远在灵魂内核中携带“故乡的因子”，最终与“祖先们在另一个世界——水火相融”。对此，我们有理由相信，并一直充满期待！

静坐长廊（外二首）

缪锦春

不知何时起，在江河湖的走廊上
道边风物，一贯井然
小花小草有人照料
在那里，有很多我不认识的人
挺着胸走路
也有一两个我认识的，引力波作用下
早生了华发

有一个面熟的中年人
变成了一个大胖子
神情郁郁寡欢
走路气喘吁吁
有人路过时，他下意识地遮掩衣服的下摆

这个秋天将我
和桂花树的小伙伴们
困在一起，鸟不欺负人了
我不用被迫坐车去四处流浪
只静坐长廊，练习如何忘记自己

我想，那时我找到了答案

如果我有一次失忆
那肯定是世界从我这儿拿走了什么
那年秋天，我带着半颗心
走向远方，去寻找另外半颗

每个前方
都是被眺望固定的尽头
飞鸟聚集成群
盘旋于空，快速地升向高处
高阳性血氧的藏民
用夕阳引来夜晚

我回忆起那个旧皮箱
颜色和搭扣，毛边磨损
手摸上去怪怪的
一些日子里拎着它走过

我记得放进去衬衣、外套
整整齐齐，像为了某次旅行
最后，却发现自己还站在原地

我喜欢那时的黄昏和忧伤

那时的傍晚
我经常会爬到一个长满野草的土堆上
向太阳落下去的地方

春　山（外三首）

林新荣

阳光罩着一个怀旧的人
在寺庙里撞钟
一朵白云躲在霞光中
被漂染

钟声和整座山，也被漂染
无限远和无限大
是它们此刻的张力

傍　晚

暮色暗下来，灰白的天色
突然停滞不前，甚至微亮了起来

树下的人凝目
像看一张发黄照片

暮色辽阔
四周涂满了忧戚
随着一片一片树叶
被晚风吹起来

远远地眺望

那时
傍晚的时候
总有个女孩问我是不是失恋了
我说我还没恋爱呢
她非常肯定地看着我
她说：你一定是精神恋爱了

那时的夜晚
回忆起来好悲伤
我和空气说话
和不在场的姑娘说话
我是个先天哑巴
有时说话是为了伪装

在江边，苍鹭不动
倏忽，它飞了起来

映山红

在野花迷乱的山谷
你挺着腰身
似一只矫健的松鼠

春天终是喧哗的
你一脚迈进去
大喊一声——
心里的沉郁，全吐了出来

时光深处

时光原本在高处
偶或露出斑驳的光点

我常常期待
风来时吹去一些，内心的呐喊
被鸟鸣拉去一些

我端坐在深处
一言不发

坐在时间的树下

（组诗）

储亚强

春

蜜蜂告诉花朵
风要来了

太阳很暖
一个妇人走在田埂上
紫色的头巾裹着浓密的黑发
一串山歌从她喉咙里飘出

石阶上
一群蚂蚁喊着号子
抬着一具刚出壳的青虫

远处，一个老人
正挥舞着锄头，在陈年的芳香中
植入新的种子

夏

路灯亮了
到处都是斑驳的碎影
人们行色匆匆

高楼里窗户也一扇扇亮了
像刚睡醒的女人
来不及打扮，慵懒而朝气

月光如牛奶一般盈润
草丛里虫子的叫声，纯净而透明
一只夜鹭扑棱着翅膀
从我头顶飞过

灯光和着音乐
在街面上流淌，烟火气
正从不远处弥漫而来

秋

红绿灯眨着眼睛，看车来人往
一阵秋风吹过。凋零的黄叶
翻滚着身子向前跑

高大的梧桐
把街道遮成了防空洞
也挡住了晴朗的天空
唯有残枝，还挂着月亮

冬

山里的雪化的慢
偶尔惊飞的山鸡
把一树好雪，惊得纷纷扬扬

太阳像刚过门的小媳妇
在云层上露出半张鹅黄的脸
老牛眯着眼，俯卧在草垛里

山村里
鸡鸣唤醒了袅袅炊烟
屋檐的冰棱闪着寒光

仿佛在渡劫
等待着冬藏的那一瞬间

陪　伴（外二首）

周黎明

那个人陪我，走过很长的一段路
我却没有顾及
只顾及前后，高低起伏的身影
和悬在头顶上的草帽
会不会被一阵温柔的晚风吹走

这是一桩无头案
多年以后才惊觉
我顶着那个人的头走了很久
而那个无头的人，顶着我的草帽
一直尾随着我
直到我长出自己的脑袋

没有故事的故事

杯觥交错间，频频回顾
这酒一样的男人
哽咽了我的喉咙

我们没有故事
只有闪电，划过彼此的双眸
曲尽人散时
只剩下唯一的挚爱
如坐看云起时
越看越不识的前世今生

那个时候，在湛蓝的夜幕下
一只白天鹅爱上了
另一只黑天鹅

肖　像

先生画张像吧?
时间来不及了
没关系，她上下打量着我
递过来一张白纸
我记住了你的模样
下次来取

若干年后，我途经那个小城
她还在那里，为众生造像
我小心翼翼的索画

她说，你是我终生
也不能完成的肖像

汝 瓷（外一首）

百 川

在漫长旅途中谈论寿成殿和汝窑，
并不能从历史长河里拯救它们，
但可以跟随宋徽宗登临美的峰顶——

只需要在伦敦大英博物馆，
维多利亚与艾伯特博物馆静静观赏，
汝窑天青釉盏托和它的姊妹们，
这些不仅是美的幻影，也是帝国的斜阳，
驱散着黑暗，默默照耀一千多年。

那创造瘦金体，捕捉瑞鹤图的皇帝，
千年来从未失去他的帝国，
他始终是美的统治者，
当人类仰望雨过天青云破处，
美的王朝就瞬间在大地上复辟。

汝窑，只是进入这美的国家的路径，
那时天下的人们都知道在哪里，
时空的火焰终究将它隐匿起来，
但允许南宋周辉在《清波杂志》写道：
“汝窑，宫禁中烧”——
将美的迷思投向湮灭于地下的汴京。

在圈足内侧铭刻的阳文寿成殿，
讲述着在南宋皇城里曾经存在的宫殿，
既是前朝的哀伤，也是官窑的标杆，
尽管只剩下淮河以南半壁江山，
依然要复制前朝的一切，
终有一天会重归伊洛。

在维多利亚与艾伯特博物馆，我观赏
哈利·戛纳爵士收藏的寿成殿汝窑盏托，
在大英博物馆见过他的另一只汝窑盏托，
是仅存于世三只花口盏托中最优秀的一个。

雨过天青云破处

天青色从不知晓它自己存在于这一刻，
甚至不知道是美的始皇帝为它命名。
无人知道是汝窑的哪个匠人创造了它，
将惊心动魄的美凝固成永恒。为了它，
我飞越了多少个国家的天空去看望。
既无预言，也无神谕，它们静静呈现，
一千多年的时间仿佛从未流逝而过。
它漠视人类的时间，漠视它的创造者，
似乎也已超越了宇宙天地间的定数。
在漫长的日子里它打败了腐朽的皇帝，
孤悬着，成为伟大秩序里的一个元素。
而抚琴的皇帝深深感到一切都在流逝，
心灵的力量穿透时间铭刻出那句箴言：
雨过天青云破处，这般颜色作将来。
这句箴言已被重复咏叹一千多年，让我
觉得他的心学和美学慢慢成就一座高峰。
当我今天望见云上的青天，顿然想起
他的箴言，感叹他怎么就活得这么美妙呢。
也许就是天真护佑着他的心灵不被蒙尘，
尽管外族人给予他刀剑，倾倒他的国家。
如是我闻，在烟雨朦胧的山水画卷里，
一个穿着青纱汉服的少女向虚空伸出手指。
她邀请了什么，尔后低头抚摩天青色的杯子，
为什么她这么年轻，却拥有这么好的美学？

打捞天空的繁星

（组诗）

曹剑龙

夜　捕

每艘出海的渔船
都有压舱的梦

远处的一盏盏渔火
闪烁渴望的眼神

一声收网喽——
蹦跳丰收的图腾
勤劳的渔民最浪漫
夜夜打捞天空的繁星

我的酒碗

端起粗瓷大碗
伫立山峦之上，倨傲
我的碗，盛一湖醇醪

但凡有头有脸的，坐等全面泛光

猛灌三斤不倒
雪峰，为之写照

喝喝喝！开怀豪饮
且待满桌狼藉，云盖雾罩
我扔碗为号

放眼望去，重岭叠嶂之间
又悄悄隆起
一个山包

问　禅

早稻田大学一名教授
专程飞曼谷去问禅
禅师也不说啥话
只给他的空杯不停倒茶

教授说水已经漫出来
不能再倒了

先生你啊
就像眼前这杯子
禅师慢慢道来
里面装满了
自己的看法
不先把自己的杯子倒空
让我如何对你
说禅？

钓鱼的人（外一首）

黄建华

钓鱼的人，不会吃鱼
仿佛昨夜他听信了
味蕾的劝说——味道腥
骨头刺，胆海苦无边
此时，天空渐渐发白发亮
一些事物次第被泄露、放大
他必须出门　去垂钓

钓鱼的人，其实
心怀古典的哲学
他做事唯物地辩证 比如
鱼竿坚硬但不缺乏弹性
鱼线可虚拟，无非
把饵料下垂到
鱼们荆棘丛生的欲望

钓鱼的人，不去顾问
一些流水的身世
他只想捋清河道的秩序
在鱼们波浪涌动的体制里
河流的一贯作派——
静与动 深与浅 清与浊
这些都会关乎到

鱼的制度 以及鱼们
向往的方向

现在，钓鱼的人
身处在此岸　或者
彼岸　垂钓

风　沙沙沙

风　沙沙沙
口含尘土 吹过来
一些沙粒
押韵在碧绿的草尖上
与露珠相约去启明
据说，这些风
行踪有些古怪精灵
喜欢解开晾晒的衣襟
去掐算男人
肋骨里的命数　或者
干脆穿进晾干的裤子
替女人们田头村角走动
还说 ，这些风
惯于把东滩的云朵
偷运到西沙湿地的倒影里
仿佛去浣洗、漂白云朵
那些前世和今生的事
风，沙沙沙
吹来　一路上
劳命地跑来跑去

秋风吹走了我母亲

汪益民

由远及近的死

死亡由远及近慢慢展开
隔着爷爷奶奶，更多是仪规与恐惧
隔着父亲母亲，更多是疼痛与隐伤

母亲之后
死亡，已是一马平川

再也无险可守
死亡才成为一个人
对生活心平气和的练习

我猜我母亲对死亡不讲究

至今没想通
我母亲对待死亡的态度

她从不大惊小怪
也不表现出惧怕，不舍，伤感

她甚至不给我们交代任何事项
对昼夜陪伴在病榻前的我们

老人家不愧疚，不感激，不提过往将来

她也喊疼，喊要我，要苹果要茶水
再没有其他了
兴许她已觉得 死亡
只是一个人的日常与本分

可能她想通了关于死的所有事
可能她从未想过死这件事

死亡，这么体面的大事
母亲似乎不讲究

不选择临终
是我母亲临终的选择

手

虚空　总是比一生强大
摇摇晃晃
抓不住远方、诗歌、故乡的手
颤颤巍巍
依次握住锄头、粉笔、锅盆、床帮、椅背、门把，桌沿的手
最后在你的掌心里停留一会
就什么都放弃了

歌词一束

蒋　帅

母亲河

当年数过江上轮船
如今数你鬓角霜花
当年钓过江里鱼虾
如今钓不回你的青春年华

喊一声黄浦江
喊一声老妈妈
你是一朵浪花
捧着儿女出发

喊一声黄浦江
喊一声老妈妈
你用满头白发
换来上海繁华

每当玉兰笑着花开
那是对您深情报答
东方明珠绚丽色彩
那是闪耀着你的青春年华

喊一声黄浦江
喊一声老妈妈

你是一朵浪花
捧着儿女出发

喊一声黄浦江
喊一声老妈妈
你用满头白发
换来上海繁华

奉　贤

把所有的远方还给远方
把所有的思念全都变现
在白沙在云间
我是反哺的雁

把天边的白云请进客堂
听百里的运河激情说唱
在华亭在贤城
你是注定的缘

当幸福串成项链
看花儿挽起城乡
如果没来过奉贤
就没到过新江南

敬奉贤人的家乡
是不曾剪断的脐带
是行囊里面的碗筷
是朝圣路上的跪拜

见贤思齐的家乡
是小溪奔赴的大海
是一起奋斗的情怀
是永远滚烫的热爱

醒

如果没人理会
试着和一朵花约会
闻着它的香味
用心赞美

其实有些伤悲
借缕清风就能抚慰
眼泪多么昂贵，
何必浪费

你说青春就像烟嘴
还没过瘾就已成灰
也许人生路转峰回
故事才耐人寻味

一切归零
无论你几岁
天空不会拒绝
你的高飞

一切归零
勇气当装备
大海也会拥抱
你的无畏

2024年的第一首诗（外二首）

劳士诚

穿过暖阳
在大雪纷飞的北方
用想象的翅膀
拍打高于生活的意象

从天空中飘落
与南方已经萌芽的麦粒一起
在风的末句
向着春天的方向另起一行

穿过雨的意境
在江南幽幽的弄堂
相遇在戴望舒的《雨巷》
目光跟着彳亍而行的时光

把旧的光阴翻新
无所谓逢着什么
只是希望新的日子有新的发想
将写不完的长诗断句在鸟语鸣翠的家乡

冬天花园里的空椅子

把时间让给落叶
让落叶在时间的刻度里填词
就像散曲一样
没有那么多的讲究

椅子的木栅如琴键
听凭风来敲打
跳跃的叶子
成了名副其实的音符

四处无人
只有阳光铺开的线谱
小鸟充当着升降符号
起起落落于纷纷扬扬的时空

我是听者
站在远处倾听
由远及近的是生命的交响
由近及远的是交响的生命

早晨，从闵浦桥上通过

不等地铁穿过城市的腹地
早晨，从闵浦桥上通过
远处的风吹着白云
犹如记忆中的风帆

尽管有时会风雨交加
挡不住人们将心中的时间指针
拨到与桥平行的方向
让岁月追着时光通过

河总是与桥十字相交
如四季的四则运算中的加号
白天加黑夜
东西加南北

也如一个虔诚的手势
充当着多维的方向标
不管你走水路还是旱路
还是水旱兼有的心路

秋　月（外一首）

沈仙万

月亮穿过夜色
掉进朦胧中的池塘

轻轻的风沉不到水中
无法触摸那种柔和

今晚，我就守在这里
让浓浓的乡愁安眠

秋　声

谁把秋天的声音
放在五线谱上快乐地跳跃
惹得月亮竖起弯弯的耳朵
把秋声勾住
一不小心，掉落一串的虫叫
和簌簌的落叶声

《吃时间大虫》自序

陆　萍

近月来，连日翻着几十年前日记本。不想遥远的昨天，在糙乱文字中，居然会悬念重重，仿佛是在看外人故事一样。如果不是那匆促零乱字迹，活生生吞吐着我的气息，我怎么能够相信曾经发生在我们生命中的这些事件？如果不是有文记叙，我到哪儿去寻找在我身上流逝的岁月？

那些个鸡零狗碎的琐事，怎么会弄得自己惊心动魄？那些庸常凡俗的礼节，怎么会让自己煞费苦心？曾经的天真可笑，曾经的浅薄无知，让我不禁莞尔。

人，到底就是这个样子哈，走过来了。漫漫时光，累累日月，而今就像鼠标一点，将我一头青丝“秒”到今天两鬓斑白。生命如流，不尽感慨！

不啻也是一种残酷啊，天天的辛辛苦苦，更是盛情青春、岁月婀娜，到今天就莫名其妙“清零”！在孙儿清澈的眼眸中，我们模样，就是从“清零”开始的。

生命马车的运行，自有它自己的站点。

好在有字落笔，字行里“味含土膏，气饱风露”。好记性不如烂笔头。感谢娘亲教诲，终究疾奋至今，让我可以咀嚼风干的昨天。

昨天当然也有让我高吟感怀的宏盛。

感叹生命中很多日子是白白浪费了。转念想起老祖宗的“无用之用”。难道不正由这些“白白浪费”的日子，如泥土簇拥烘托，才能让土里的种子长芽、吐蕾和结果的吗？

往事来找我时，我并没准备。是史无前例的漫漫疫情，给了这个可能。

法国作家普鲁斯特认为，人的真正的生命是回忆中形成的生活，回忆中的生活比当时当地的现实生活更为现实。百年前一个法国作家对于生命的感悟，我很有同感。

打开昨天，其实也是快事一件。

来找我的往事，是将远去岁月中的一些关键词和大纲在脑屏显现。这便成了我寻觅回忆的路牌。按图索骥，一路激活青壮岁月，大有两肋生风的飞翔，不期而至。

深植回忆中的那些风烈现场、焦点遗迹、要目提示包括密匙雪藏等等，基本能勾勒我生命内在的一些关隘。而生活里万千日常琐碎中的偶然出神或是省醒，往往更是我笔下文字的游走之地。

这些出神游走的文学，常常会引人共情同振。一如防疫时段在小区里的"三例遇见"。

下楼做核酸，忽有人迎面拉着我说："您的《床上有棵树》，我网上读到几篇，还想读……"并报出一串文章题目。只是已轮到我"张嘴被捅"当口，硬是与她辞别。没想到"捅完"后，见她还在原地等我。她说，看书太累，特嘱我要全本发她电子档。她是上海资深园林专家。我任小区首届业委会主任时，她给过许多专业指点。

年前有一天，小区里有个人雅雅地冲我微笑，并走近问，您是不是叫陆萍。我笑着点头。她说我认得您，您不认识我。一直想告诉您，我有您书，在福州路书店排队买的，书名是《寂寞红豆》，您还签字。我说有这回事。在书店里与赵丽宏、陈村、孙泽敏一起签名售书。与她相握时她又说，"在当当网，刚网购了您的书《生活过成诗》《陆萍诗歌赏析》。一些深处隐秘被你写来……读了很爽。"我感谢她，遂知她住我楼前那幢，在公安岗位上退休。我们住这儿都20多年了，却还是第一次互相认识。

文学作品，会沟通人心。通的不是凡常俗念，而是人内心深处那个自己尚未发现的自己。灵性被激活的快意，能让人愉悦。本凡常邻居，至多问安点头而已。不想被文字浸润后，再见面时就"灵魂对视"了。

再是那位没有见面的。疫情宅家某天我整理微信时，发现有个叫"醒"的朋友，我十分陌生。但在删之前遂觉好奇，于是打开……

"陆老师您好。我在微博上读到您诗，很喜欢，冒昧加您好友。"

我回复："同意。"

"昨晚我搜索剑桥大学'吃时间的虫子'，结果搜索到了陆老师的一篇游记，得知陆老师博客的。""于是拜读了陆老师博客里诗分类下的前几篇。果断到当当网上购书两本。还冒昧加了陆老师微信。""其实我只是个小白，只是喜欢而已。"

我回复："书到了您手里，是书的幸运。"

"啊（表情）受宠若惊！……我之前没有认真读过诗，是一个忙工作和生活的咸鱼青年。"

"以前对于我，诗与远方是一件事，那就是跑得远远的出去，嗨！""但是偶然认识您和您的诗后，诗和远方，对于我，变成了两件事。”“生活中有诗，也有远方。”

“谢谢您，给一个年轻人以光亮。”

录完他（她）给我的微信，尤其是最后一句，我觉得特别愉悦和欣慰。这位陌生的年轻人，一定是在生活中经历到什么。否则不至于半夜里在我诗行前驻足凝神并阅读。我想，如果我的诗句能帮到了他的什么，那我倍感荣幸。

生命中有些非常锐利的瞬间，就这样通过文字的运输，让灵魂互相抵达。

本书约 28 万字，分四辑。书中文章长短悬殊。有话则长，无话则短。内容庞杂无序，随笔水流花开。篇章随机编排。只是长文大都编在各辑尾章。

书里有我念兹在兹给一代大家徐迟的长信《一瞬与永恒——追忆徐迟老》，个中有他一生中最后寄我的一首诗，以及首次披露与我的往来书信。有幸与徐迟老一瞬同框，并享灵性交互共振、神思浸润渗透；完稿后，我竟有如释重负之感。此前我已写有五六万字，后又定稿成一万四千字左右。鼠标一点发出后，我在阳台花园来来回回不知走了多少圈，心里一遍遍滚动着文中的句子。一身轻松啊，甚至觉得，即使文章不发表、不出版，就永远躺在抽屉中，我也心头安实，而且心甘情愿。其实，书写更是自身心魂里的一种需求。书写本身就是有种“回家感”，让我平宁。

书里有与大骗子斗智斗勇的《坠在监狱的谜底》。此诈骗累犯以“隐身”方式执意撞我枪口，十年来一撞再撞，直至其跌入监狱，我才在采访中睹其真容并完成续篇。此为我记者生涯中难以忘怀的经历。

书里有三言两语说不清的《神秘印度行》，多少年来我一直回避叙述。赴印途中的经历，可谓“惊险、神奇、绝望而又意外”，这些事情已经在我心头埋了三四十年。今偶然一个契机打开了，便不妨以我亲历作此简写。权当一个小人物，在中国时代变革、中外交往、发生在上海文坛的一份真实记录。亦是对自己的一份交待。

书里有横跨年代在历史纵深处的诗坛趣闻轶事《我的情感档案库》，文中王辛老、谢老、李老乡等已作古留芳，而林子，那个在葡萄架下认女的佳话仍在继续……

特别想说《秘事四十年》一文。一俟写完，我顿感浑身舒畅。有种卸却的快意，由内而外一波波从心海荡漾开来。我感恩“我狂风暴雨般的情感，仿佛找到了一片天空”。

方信生命中有许多事，其实是为自己做的。自己欠自己的，会经年累月地缠绵，陈年老事已与人的血肉相连，记叙时仿佛“丝丝拉拉”在撕扯滴血。弟知后叹道“了却君王天下事……”我虽没辛弃疾词意，但弟那份大感慨，打到点上。

习惯于落笔率性写开。实质是当人的内在放松之时，更接近生命全然打开中的实相本真。所以我常常上线博客，信手拈来，天马行空，哪儿都可以开写、也可以收尾。

本书与2022年出版的《床上有棵树》相隔一年多。此书在编辑过程中，没想到后面精短散文集《满地阳光碎片》、诗集《张罗生命节日》和《采访手记精选》三本又已基本成形。

到了这年岁，自己也不知道会有那么多感慨喷涌而出。不叙不记，似乎不足以平我心魂。五年前在中国作协北戴河创作基地见到我们心目中的大作家王蒙，我们去游泳，他不去。他说“他有太多的东西等着要写”。今天我读到88岁的他的新著中篇小说《霞满天》。我读了再读，行文中只觉一股热烈的气息蒸腾着我，正是我内心的节奏。字里行间诸多同感如遇知音。

一段时期以来，我将我内在刻骨铭心的东西，用文字装运出来。觉得确是普罗斯特认为的“回忆中的生活比当时当地的现实生活更为现实”。

与本书同时出版的还有一本散文诗集《偶一出神》。200章中或几十字或几百字，均是我50年来魂魄所系和灵思所寄。私下里也特别看重。

值此两书定稿之际，我感恩家亲、感恩一路遇到的贵人；感恩在我人生低谷，授我道家玄理、佛门禅机式的开导和加持，并给足我力量、信心和勇气。

我感谢远年众多给我来信的读者朋友、近年微信群里关注我的好友同道，长年来对我的关爱和鼓励，让我受益无穷。

我感恩命运的赏赐。

诗意的外滩

韦 泱

外滩，令人魂牵梦萦。

孩提时，从学会走路起，就随着父亲来外滩。那是六十年前的外滩，江畔绿荫满目，江景开阔清朗，一个安静的、秀美的外滩，一个富有诗意的外滩。在上海人的传统看法中，外滩并不大，大约从外白渡桥算起，由黄浦公园朝南沿黄浦滨江，至昔日的金陵东路客轮站。另一侧从南苏州河路起，即今天的“外滩源”一带开始，朝南主要有北京东路、南京东路、九江路、汉口路、福州路、广东路、延安东路至金陵东路等，以及与江堤隔路相峙的万国建筑群。这些位于中山东一路两侧的区域，就是我心目中正宗的外滩，一个上海人的外滩印象。

古代诗人在滩涂上觅诗意

都说，古代在没有上海之前，外滩只是一片滩涂，渐渐成为一个小渔村。那滩涂也有滩涂的诗意，渔村也有渔村的景观。我们来看看，古代诗人是怎样在一片漂渺无垠的滩涂上，寻觅幽然而浪漫的诗意。

现存最早的一首描写外滩的诗，是宋朝诗人寇准，他写有一首叫《黄浦》的诗：“春风入垂杨/烟波涨南浦/落日动离魂/江花泛微波”。诗人站在夕阳下的黄浦江堤，朝南远眺，看着柳枝飘动，江水荡漾，感受着拂面的春风，却触景生情，拨动了对亲友生离死别的愁绪。作者寇准（961—1023）陕西渭南人，是北宋大臣，为人刚直，敢于直谏，屡被革职，却愈战愈勇，渐被重用，后官至宰相。

在明朝诗人王稚登的笔下，黄浦又是另一番景象。他的《黄浦夜泊》：“黄浦滩头水拍天／寒城如雾柳如烟／月沉未沉鱼触网／潮来欲来人放船”。这首七言古诗，像现代人写的大白话，通俗易懂，词浅意深。诗人也是站在黄浦滩头上观江景，水天一色。在深夜已过，月亮即将隐退的黎明，乘潮水还没袭来之际，渔船开始张网捕鱼，一片繁忙景色。诗人王稚登（1535—1612）系明代文学家，江苏江阴人，后移居苏州，执词坛之牛耳。又受文征明影响，擅书能画，所以诗中尽显画意之美。

到清朝，诗人唐荪华写有《过黄浦》，其中写道：“月影倒看天上镜／波光平似水中杯／衰年羁客非吾事／早晚乘潮放棹回”。风平浪静，鱼虾满网，看到此景，已至暮年的诗人虽只能待在家里，却壮心不已，想有朝一日，也能从浦江口到吴淞海，去搏击一番风浪。唐荪华（1634—1723）是明末清初的诗人，江苏太仓人，清康熙进士，入翰林院，任浙江乡试考官，诗文名重江南。

“五四”新诗先驱者的心弦

1843年（清道光二十三年）上海开埠，外滩筑起第一条马路，西方人将此称为Bund，中文译为外滩或黄浦滩（即中山东一路）。此后的一个多世纪，外滩就进入了近现代文学作品。那时的社会小说、言情小说，经常会有片言只语描写到外滩及周边地区。还有渐已盛行的上海洋场竹枝词、民间歌谣等，如《码头》：“浦滩一带码头多／突出如桥半卧波／各泊轮船无杂乱／行人似蚁几番过”。这些诗文皆成海派文学的起源。到五四运动开始，提倡白话文，新诗的创立，外滩一带的名词和景物，就更多地成为新诗的直接描写对象。

阅读记忆中，写上海的第一首新诗，是诗人康白情所作《送客黄浦》，此诗写于1919年7月18日。康白情是北大学生，“新潮社”成员，五四新文化运动的干将。五四爆发后的一个多月，他就南下，把新文化的旋风刮到了上海。在上海，陈毅还听了康白情的演讲，关于白话诗的新立和创作，还开出青年阅读书目。会后陈毅就去书店找这些书刊，尤其是《新青年》杂志，时时捧读。还跟同学约定，不能总作旧诗，写信也不能总是“之乎者也”，要做时代的新青年。他说：“五四运动强调思想解放和文化革新，使我在思想上起着大的变化”。在上海，陈毅第一次受到了五四运动的思想洗礼，对新文学的书刊产生极大的阅读兴趣。不能不说，陈毅受到诗人康白情的文学影响。

在上海除了演讲，康白情还送初次相见的好友田汉去九江，从码头回来，他写下了这首《送客黄浦》的诗，四十多行共分三段，这样的诗不算短了。他写道：“送客黄浦／

我们都攀着缆 / 风吹着我们的衣裳 / 站在没遮栏的船楼边上”。此诗编入1922年3月由亚东图书馆出版的诗集《草儿》，这是他的第一部新诗集。

较早写外滩的诗，还有另一位新诗创建者郭沫若，他的《黄浦江边》一诗共十二句，分为三段，每段四行。第一段写道：“平和之乡哟 / 我的父母之邦 / 岸草那么青翠 / 流水这般嫩黄”。

那一年，郭沫若刚从日本留学回国，归途中写了一组诗，共五首，前两首写路中见闻，如《新生》《海舟中望日出》，轮船到达上海码头后，写了两首上海的诗，即《黄浦江边》《上海印象》，第五首是写杭州的《西湖纪游》。《黄浦江边》写于1921年4月3日，刊于4月24日上海《时事新报·学灯》副刊上，后改诗题为《黄浦江口》，编入1921年8月由泰东图书局出版的《女神》，这是郭沫若的第一本诗集。当年，郭沫若第

一次到上海，一切都是那么新鲜，连有点泛黄的黄浦江水，在他的笔下，如刚出窝的鸡蛋“这般嫩黄”。可见诗人的心情，是那么欣喜而愉悦。

民国年间，写外滩的诗，印象较深的有刘延陵的《黄浦滩边的和平神像》。他是老资格的诗人，与朱自清、叶圣陶一起，在上海主编过中国第一本诗刊《诗》。还有女诗人陈敬容写外白渡桥的《冬日在黄昏桥上》，她是九叶派一员，此诗编入她的诗集《交响集》中，一部她在上海创作并出版的诗集，内容多与上海相关，可称上海的“交响”。

新中国诗人们的歌吟

新中国诞生，外滩回到了人民的怀抱。经过一次次的改建，面貌焕然一新，这也引得无数诗人为之引吭高歌，吟颂赞美。

五十年代的上海诗人石方禹，写下了《外白渡桥》：“那时候，那是多么长久以前的事儿啊 / 那时候我还是母亲襁褓中的婴儿呢 / 我父亲给武装起义者驾驶着卡车 / 就是从这座桥上冲过去的吗？”石方禹早年从事新闻工作，任香港《文汇报》及《长江日报》《英文日报》《上海新闻》等记者编辑。1952年转到上影厂任电影编剧、文学部主任，后调北京任文化部电影局长，曾出版过诗集《和平的最强音》。

毛炳甫写了《在外白渡桥上》：“这一年 / 秋风横飞枯叶飘 / 沉重的脚步 / 走上外

白渡桥／只为不肯低头／不愿脱帽／刺刀对胸口／皮鞋踢在腰／今天，我又踏上大桥／江边秋风舞芭蕉／电车当当，行人满面笑／江上白帆穿来穿去／汽笛声声响得好”。毛炳甫是苦大仇深的工人诗人，对新旧社会的外滩有着鲜明对比。不曾想到，若干年后，诗人张烨写出另一种同题诗《外白渡桥》：“月光潺潺流淌在外白渡桥／‘我永远爱你／除非你哪天不再爱我’／这情感我必须深藏／只有岁月才能证明／但我不愿这样的一天降临在／夜深人寂的外白渡桥”。这是一首爱情诗，以桥为隐喻，在没有爱的年代，寻找着爱的真谛。这是我读到过的最好的一首写外白渡桥的诗。

1956年秋天，著名诗人公刘继参与整理民间长篇叙事诗《阿诗玛》后，因上海电影厂准备摄制同名电影，为电影剧本的编写，有过短暂的上海之行，剧本写作之外，却有意外收获。他在上海有感而发，写下了《上海夜歌》两首，其中写道：“上海关。钟楼。时针和分针／像一把巨剪／一圈又一圈／铰碎了白天。／夜色从二十四层高楼上挂下来／如同一幅垂帘／上海立刻打开她的百宝箱／到处珠光闪闪”。有多少诗人写过上海，唯公刘高人一筹，把上海写活写绝了，成为脍炙人口的名诗，此两诗首发《诗刊》，后编入1957年9月出版的公刘诗集《在北方》。

之后，于之、仇学宝、毛炳甫、王森、宁宇、冰夫、李根宝、陈晏、郑成义、谢其规等十位上海知名诗人，将他们在建国后写的新诗，出版了诗歌选《啊，黄浦江》，其中许多是外滩及上海的题材，如《春到海港》《上海抒情》等组诗，这是新中国培养出来的上海诗人第一部诗歌合集。

城市的诗魂在外滩凝聚

时至新时期，上海诗坛迎来百花齐放的繁荣期。1980年，黄浦区文化馆在一位爱诗的年轻女干事王玉意的张罗下，成立了诗歌组，由青年诗人赵丽宏担任组长，他后来在一篇文章中回忆道：“一个仲春之夜，地处大上海中心的黄浦区文化馆里，集聚着一群热衷于写诗的年轻人。他们有着各种各样不同的职业，他们来自大上海的四面八方，怀着虔诚热切的心情，也怀揣着以无数个不眠之夜作为代价写成的诗篇，穿过南京路缤纷喧嚣的人海，他们在南京路的楼房里找到了一个宁静的世界。”到九十年代初，在老诗人王辛笛、宁宇等关心下，黄浦区文化馆诗歌组更名城市诗人社，诗人作家赵丽宏、曾元沧、郭在精、姚村为诗社顾问，缪国庆为社长，赵国平、梁志伟为副社长，成员四十余人。那时，在南京东路浙江路口的文化馆顶楼，我多次参加诗社活动，结识了缪克构、程林等青年诗友。三十多年来，诗社开展过许多与外滩相关的诗歌活动，在外滩的黄浦公园，他们举办诗歌朗诵会，出刊《城市诗人》，编印《浦江魂》《花的长街》《广场鸽》《都市虹》等诗歌专集，创作了许多外滩题材的诗作，刘国萍、董景黎、陈柏森、谢聪、史益华、沈晓等，在诗坛崭露头角。正如缪国庆在《都市虹》的序中所说："一个大都市的一个最繁华商业区内有着一个诗社，这是一个奇迹。"

进入新世纪的2002年8月，在巨鹿路上的上海作家协会大厅，上海诗人济济一堂，为一张即将诞生的诗报取什么名字，争论得面红耳赤。老诗人宫玺说："外滩是上海这座现代大都市最具象征意义的地方，而且也有诗意，建议用'外滩'作诗报的名字。"时任诗歌委员会主任的季振邦听后觉得好，用手在桌面上轻轻打着拍子说："就叫《外滩》诗报吧。"于是，在老诗人姜金城和杨明、米福松的主编下，创刊了《外滩》诗报，这是上海开埠一百五十多年来，第一张以"外滩"命名的诗报。诗报的"同题诗"颇有特色，如《外滩》《步行街》《苏州河》《上海的早晨》等，以此全方位反映外滩地区的风貌。

同时，在外滩北京东路二号，原上海人民广播电台里，每晚有一档诗歌节目《午夜星河》，通过电波为"夜上海"频传诗意。朗诵的许多诗歌是外滩和上海的题材，吸引了无数诗歌爱好者彻夜倾听。主持人陆澄和编辑范曼丽为这档诗歌节目，奉献了无数个不眠之夜。是啊，诗与外滩，相互交融，没有时空的阻隔。诗歌因外滩而飞扬，外滩因诗歌而温润。外滩的诗，从外滩走向上海，走向全国乃至世界。

九十年代，我曾在外滩的滇池路一家银行工作过多年，经常漫步在外滩及周边街区，对外滩的前世今生，有真切的感悟，并写下一些关于外滩的诗文，其中一首《外滩》的诗，首刊《萌芽》杂志，后载入多种诗歌选集。今不悔少作，以其中的诗行结束此文："某一天的清晨／我仰面倾听着／被江水浸泡的海关钟声／遥想十九世纪的风呵／真是凛冽无比／我凭栏而伫／看见楼宇缓缓浮出水面"。

充满诗意的外滩，抒写不尽的外滩呵！

那些年，在一起

余志成

听一位诗友说，路鸿走了。我马上问，他去哪里啦?

问出这句话后，我分析了一下对方的语气，我仿佛知道了，却怎么也不相信。

我的好大哥，诗兄路鸿真的走了吗? 77 岁，要知道现在是活到七十不稀奇的年代啊。但他真的因心梗走了，没留下一点语言。

诗人路鸿是擅长语言的，他的诗以短小精致著称，用他最情感的语句，歌唱生活、吟诵爱情、抒发友情。

如果说在我的诗友中，与我在一起活动最多的，路鸿是一个。最早可推到上世纪八十年代。

记得，那会上海市开展振兴中华读书活动，市里也组织多种类型的比赛活动，我写的一篇演讲故事《好媳妇》在全市故事演讲比赛中荣获创作、演讲一等奖，由于我所在的单位当时属于杨浦区，杨浦区的沪东工人文化宫创作组的老师便找到我，邀请我加入他们的故事组。其实我喜欢的是诗歌，于是在我的申请下，创作组老师同意我加入东宫诗歌组，在东宫诗歌组，我认识了当时非常有名的诗人毛炳甫、居有松，当然还有路鸿，路鸿虽然大我很多，但我从没叫过他老师，一直把他当兄长看，他对诗歌组新来的小弟弟，也是热情关心，还经常向几位老师推荐我的诗歌。

记得有一次，他对我发表在《解放日报》上的诗歌《清凉山》非常欣赏，他打电话到我家里，祝贺的同时，他说与我商量一件事，我问什么事？他非常认真地说，他最近创作了一首小诗，其中有一句诗非得借用我《清凉山》里的诗句才完美。我听了笑着说，毛主席的诗句“天若有情天亦老”也是借用，我的诗句你觉得好没问题，都可以借用。路鸿高兴地说，只要一句，别让他人看了说抄你就行。

可见路鸿为人的真诚。路鸿作为《上海诗人》杂志的编辑，最了解他的，莫过于《上海诗人》杂志执行主编季振邦先生了，他说：“路鸿与我共事多年，深知他是一个低调正直干净的诗人。这样的诗人是很可贵的！”

与干净的诗人在一起也是轻松开心的。上海市工人文化宫创建诗歌组，我和路鸿又在一起了。那时，我们每周四下午在市宫参加诗歌活动，或听听讲座，或讨论诗歌。我们还编有《诗画廊》油印交流诗页，诗页是为人民广场靠近市宫一边的一排橱窗服务的。当时，在那排橱窗上，有我们诗歌组的诗，配上当时比较有名的画家作品共同展出，这一道亮丽的文化风景深受大家称道。而我在市宫能够担任《诗画廊》的责任编辑，就是在编委陆新瑾、路鸿等热心推荐下担纲的，他们认为我思想比较活跃，又能热心帮助他人。我在负责《诗画廊》诗页时，在组稿、选稿、改稿等事项编务上没有一点顾忌，路鸿等编委从不干涉，还经常鼓励我，说我选稿有味道，选稿适合配画。

九十年代初，上海百家出版社要出版一套“新世纪诗丛”，我的《散步森林》与路鸿的《江鹭》同时入选，他知道后马上打电话祝贺，而且关照一定要与我交换收藏，没有一点大哥的架子。

后来我们都加入了上海市作家协会，在一起碰见的机会更多了，一起开会、一起讨论、一起采风、一起吃饭。路鸿不是高谈阔论的一种人，但他的心态是积极向上的，所以他的诗也明亮温暖。

那时，作协组织我们一起去西山采风，我们回来大都写一首或两首，路鸿却诗兴大发，一发不可收地写了近十首：“西山坞的小木屋 / 关不住一夜情话 / 一早打开山窗 / 撞飞一大群 / 睡眼惺忪的山雀”“我的心 / 是常青树的年轮 / 最里面的那圈 / 就端坐着你”。那灵巧形象的诗句，令人拍案叫绝。我说，西山怎么会给你带来那么多灵感？路鸿笑着回答：“我最近欣赏了几次画展，画的都是自然风景，这次身临自然风景了，当然有灵感啦。”

愿路鸿留下来的那些精美诗篇、美妙灵感没有走远，还经常与我们在一起，在一起。

图书在版编目（CIP）数据

在思想深处种五谷 / 赵丽宏主编. --上海：上海文艺出版社，2024
ISBN 978-7-5321-8987-8
Ⅰ. ①在… Ⅱ. ①赵… Ⅲ. ①诗集—中国—当代
Ⅳ. ①I227
中国国家版本馆 CIP 数据核字(2024)第 039322 号

责任编辑：徐如麒　毛静彦
美术编辑：雨　辰　沈诗芸
封面设计：赵小凡

在思想深处种五谷
赵丽宏 主编
上海世纪出版集团
上海文艺出版社 出版
201101 上海市闵行区号景路 159 弄 A 座 2 楼
上海文艺出版社发行中心发行
201101 上海市闵行区号景路 159 弄 A 座 2 楼 206 室 www.ewen.co
上海昌鑫龙印务有限公司印刷
开本 787×10921/16 印张 7 插页 2 字数 123,000
2024 年 2 月第 1 版　2024 年 2 月第 1 次印刷
ISBN978-7-5321-8987-8/I.7078　　定价：12.00 元

告读者　如发现本书有质量问题请与印刷厂质量科联系
T:021-52830308